LA RUTA DEL MAGO

COLECCIÓN CANIQUÍ

EDICIONES UNIVERSAL, Miami, Florida, 1997
Reedición 2024, Ediciones Universal

CARLOS VICTORIA

LA RUTA DEL MAGO

.·.EDICIONES UNIVERSAL

A Liliane Hasson

Uno

La primera vez que Abel llegó con el dinero, temblando, Alicia Fuentes le acarició el pelo y lo besó en la frente, mientras le repetía entre carcajadas:

—Eres un mago, jovencito, un mago.

A Abel le gustó más que le dijera jovencito que mago. Acababa de cumplir trece años y hasta ahora todo el mundo le hablaba como si él fuera un niño; él sabía que hacía tiempo había dejado de serlo, pero se lo callaba. Y lo que había ocurrido esa mañana, en la sombra de una habitación espesada por gruesas cortinas, sobre una sábana de tachones rojizos enchumbada en sudor, había borrado de sopetón los poquísimos restos de infancia, como palabras escritas con tiza. Pero Alicia nunca se enteraría.

—Un mago, un mago.

Sólo el dinero podía hacer reír con tanto desparpajo a esta viuda cuarentona de ojos y labios secos, obsesionada por su tienda de ropa La Ilusión. De noche las letras de neón reflejaban su pestañeo brillante en los cristales de puertas y vidrieras, coloreando además los adoquines, pulidos por las ruedas y los pasos. Sin embargo, no había nada ilusorio en el laberinto de ganancias y pérdidas que consumía a Alicia desde el amanecer hasta la noche, al que ahora se sumaba un miedo atroz. Los cuerpos tensos de los maniquíes exhibían la gamuza, la seda y el charol, inclinándose con gesto servil, encarcelados tras paredes de vidrio; las pulseras ceñidas a los brazos sin vida, los collares sobre la piel pintada emitían el fulgor de la bisutería; pero Alicia no podía engañarse: el escenario de cartón y oropel estaba a punto de desmoronarse con un golpe de viento o un simple chaparrón.

—Esta tarde vas a ver a otro caso perdido. Si conseguiste que Leonor te pagara, todo es posible. Eres un mago. Dile a Rosa que te sirva el almuerzo.

La casa estaba justamente detrás de la tienda; Alicia no hubiera tolerado vivir lejos de ella. Vivienda y negocio eran parte de un todo, como la cabeza y las extremidades; sólo que el cuerpo había empezado a enfermar, a tambalearse; se desflecaba como una cortina que dos rivales halan y se disputan. Pese a todo, la viuda no perdía la esperanza.

Abel salió de la pequeña oficina y atravesó agitado el patio interior, lleno de arecas y de tinajones; al entrar en la sala se detuvo frente a un enorme espejo y vio con rabia que la ropa le quedaba corta.

«Soy feo, flaco, narizón, y con esta ropa parezco un payaso. No le gusté, no le pude gustar; ella solamente quiso chantajearme, ver si de esa forma yo no le cobraba; si él no hubiera llegado me hubiera ido sin un quilo prieto».

Luego en silencio se sentó a la mesa.

—¿Qué le pasa al señorito, que está tan serio? ¿El señorito no quiere hablar con su pobre criada?

Rosa impostaba la voz mientras meneaba la sopa con una espumadera. Luego echaba en la bayeta gotas de salfumán y de inmediato se ponía a machacar, a puñetazo limpio, los plátanos verdes. Con el trajín sus senos temblequeaban bajo el delantal embarrado de grasa; un rocío de sudor espolvoreaba la sombra de bigote que reducía a una línea la boca sin labios.

—¿El señorito va a comer sin lavarse las manos?

—Rosa, vete al carajo.

—¡El señorito dice hasta malas palabras! ¡Qué puerco, qué cochino!

—Al carajo, a la mierda. Sírveme rápido, que tengo que volver a salir. Ella quiere que le vaya a cobrar a otra vendedora. Me cae como una patada, pero qué voy a hacer.

Se quemó la lengua con la sopa humeante, que tragó haciendo ruidos para molestar a la cocinera. Frente al espejo trató en vano de estirar la camisa y los apretujados pantalones; Alicia lo sorprendió en el empeño y le dijo:

—Te voy a regalar una muda. Una muda linda, de paquete. Pero primero sácale la plata a esa bruja. Aquí tienes los vales, el nombre y la dirección. Es cerca de donde fuiste esta mañana, por el lado del río. No me falles. Tengo que cobrar rápido, esto se acaba pronto. Se acaba, se acaba.

Esto quería decir la tienda, o más bien su vida. El rumor de que el gobierno iba a confiscar los negocios pequeños tenía en vilo a la viuda, que desde la muerte de su esposo se había entregado en cuerpo y alma a La Ilusión, olvidando familia, religión y amistades, y manteniendo a raya a los innumerables pretendientes que la tasaban como un buen partido: además del dinero y de las propiedades, Alicia Fuentes no era del todo fea. Ahora intentaba ocultar su zozobra dando órdenes, reclamando dinero, vigilando el menor movimiento en la tienda, como un ansioso capitán que sabe que su barco naufraga, pero aparenta firmeza y dignidad.

—No me falles. Mercedes es la que debe más dinero y la que está más atrasada en los pagos. Es una vieja loca, pero más que loca es una sinvergüenza. Debería morirse de un cáncer.

A Abel se le encogió el rostro. Pero Alicia, concentrada en sí misma, no prestó atención a la expresión dolida del muchacho. Había olvidado por completo que su prima Matilde, la madre de Abel, había muerto de esa enfermedad hacía apenas seis meses.

Con los bolsillos llenos de pagarés, Abel salió por la puerta del fondo. Salir por la del frente significaba atravesar la tienda, cosa que él evitaba: imaginaba que los empleados lo miraban como el primito pobre, el vaina, el recogido, que tal vez decían chistes a costa de él, que usaban nombretes para mencionarlo, como Rosa le decía *señorito* mientras se secaba con un trapo de cocina el sudor de su absurdo bigote.

El portón de cochera, por el que en otro siglo circulaban volantas, daba a un callejón apagado y senil cuya única nota de vida era un árbol. Mientras en la calle de la tienda la gente se agolpaba, bullanguera, y el ruido de los carros se mezclaba a pregones y a guarachas que surgían contundentes del interior de bares, aquí sólo se oía la brisa entre las ramas del flamboyán gigante que sombreaba la acera. O el plañido de un gato en lo alto de una tapia. El mediodía blanqueaba las paredes, encandilaba el sopor y el silencio. En el balcón de la esquina, una mujer vestida totalmente de negro, recostada a una reja, lamía con negligencia un algodón de azúcar mientras miraba con fijeza a Abel. Las mujeres siempre decían algo con la mirada; pero el muchacho no conocía ese idioma y por lo tanto bajaba los ojos, o viraba la cabeza, con ganas de huir.

Esa mañana Leonor lo había mirado de distintas formas y él no la había entendido: cuando ella le abrió la puerta, con su bata casi transparente pegada a los senos; cuando con una sonrisa jaranera escuchó su pequeño discurso, que él había ensayado y memorizado frente al espejo del botiquín del baño durante cuatro días; cuando lo invitó a la cocina mientras hacía café; cuando bromeando le tocó la cara, y luego le metió la mano dentro del pantalón; cuando lo llevó al cuarto. Más tarde, tras la súbita llegada del marido, no había vuelto a mirarlo. Las mujeres cuando no quieren hablar no miran: era lo único que Abel había aprendido de ese lenguaje oculto.

Su madre, por ejemplo, había dejado de mirarlo a los ojos después de que enfermó. No sólo a él. A todos. Su madre había dejado de hablar y de mirar. Para Abel, la ausencia de miradas y de palabras significaba a veces un alivio; no había que esforzarse por entender ni por buscar respuestas; no había que preocuparse por disimular.

Pero en su nuevo oficio de cobrador ese silencio le estaba prohibido.

—Tienes que mirarlas a los ojos, clavarles la vista —le había dicho la viuda—. Tienes que hablarles fuerte, duro, ¿me entiendes? De lo contrario no te van a hacer caso. Tienes que decirles que tengo un montón de problemas, que no puedo esperar ni un día más. Ellas te van a poner excusas, te van a tratar de engatusar. Pero tú tienes que insistir fuerte, duro, ¿me entiendes? No te pongas nervioso, no vayas a gaguear. Las miras a los ojos y les dicen que te den el dinero, y que si no te lo dan van a tener que atenerse a las consecuencias. Les dices: «Si no pagan ahora mismo van a tener que atenerse a las consecuencias». ¿Entiendes?

Abel, que sabía bien que no podía negarse, había dicho que sí. Que entendía perfectamente. Y luego había empezado a inventar su discurso y a ensayarlo en el baño, con la llave de la ducha abierta, para que Rosa la cocinera creyera que él se estaba bañando. El olor a perfumes y cremas de la viuda se mezclaba al vapor del chorro de agua hirviente que corría por la bañadera vacía. El espejo se empañaba, emborronaba las facciones de Abel, que lo limpiaba con la palma de la mano para observar sus ojos mientras pedía dinero. Las palabras se trababan adentro de su boca. Por último se golpeaba la cara y comenzaba a decirlas lentamente, desmenuzando la pronunciación, como el que aprende un idioma extranjero. Luego se masturbaba y se daba un baño.

Ahora, metiéndose por calles retorcidas y estrechas, repetía las frases en voz baja, moviendo apenas los labios, mientras se adentraba en uno de los barrios más viejos de Camagüey, mirando de reojo a través de balaustres el universo inmóvil de las salas antiguas, esquivando los quicios, deteniéndose a veces para coger resuello a la sombra de aleros centenarios. En una plazoleta, bajo un ancho algarrobo, un amolador de tijeras tocaba una insistente melodía, al parecer en vano: las fachadas cubiertas de modorra no daban la menor señal de vida. Un caballo descuajaringado, de ijares sudorosos, tiraba con dejadez de un carretón cargado de carbón. El hombre que aguantaba con flojera las riendas, embarrado de pies a cabeza de un polvo retinto, arengaba a la calle vacía:

—¡Cristo viene! ¡Mi mujer me dejó! ¡Viva la revolución!

Una voz femenina gritó desde el oscuro interior de una casa:

—¡Borracho! ¡No confunda las cosas!

Pero el hombre se veía feliz: detrás del antifaz que el polvo de carbón dibujaba en su cara, sus ojos verdes brillaban gozosos. La espuma que cubría los belfos del caballo se había cuajado como arrugas de nata.

Abel apuró el paso frente a la iglesia de San Francisco. En las paredes del convento habían escrito con pintura negra: *Los curas y las monjas son contrarrevolucionarios. ¡Abajo los falangistas!* Más adelante, con tiza: *Los católicos son todos tortilleras y maricones.*

Abel no era católico, ni protestante, ni espiritista, ni ninguna otra cosa: no tenía idea de cómo era Dios. Tampoco sabía qué pensar de la revolución, ni de la contrarrevolución, ni de los rusos ni los americanos. Veía las broncas frente a las iglesias, las manifestaciones en las calles, la gente que gritaba hasta quedar sin voz, oía noticias de atentados y de fusilamientos, sin entender el porqué de ese afán, de esa pasión que arrastraba a la muerte. Al leer los letreros en la pared sintió vergüenza de que alguien pudiera imaginar que él tenía algo que ver con aquellos insultos, en la quietud de la plaza desierta. Del asfalto se alzaba un humo cristalino, como el que tiembla sobre un fogón de brasas; las estatuas, los bancos, los árboles inmóviles parecían al acecho; la soledad ocultaba un peligro.

Bajó hacia el río, fijándose en los números de la calle Pobres. Nombre estúpido: las casas no mostraban signos de miseria. O al menos no de la misma miseria del barrio en que él se había criado, en las afueras de la ciudad, con sus calles de tierra y sus ranchos ladeados, entumecidos, hechos con desgaire, desperdigados entre los solares, cercados con estacas y piñones.

Sin embargo, la casa que buscaba sí resultó ser pobre: era un poco más vieja que las otras, achatada, fuñida, engarrotada, como un cuerpo decrépito plagado de artritis. La puerta y las ventanas tenían varios remiendos. Una música resonaba adentro. Un postigo entreabierto dejaba ver la sala de techo bajo, y Abel, antes de tocar a la puerta, echó un vistazo.

Dos figuras bailaban con movimientos bruscos al compás de un tango, apenas visibles por la oblicua claridad que provenía del patio y de la calle. Pese a la penumbra, no cabía duda de que se trataba de dos mujeres, una alta y joven y la otra vieja y de poca estatura. La música, que salía de una victrola enorme, las envolvía con su cadencia ríspida de piano y bandoneones, se imponía apabullante sobre el chirrido de las estrías del disco, permeaba las paredes, las cortinas. La mujer alta, de abundante cabello que le caía en la espalda, llevaba la batuta; enlazaba a la otra con firmeza, la hacía girar, la colocaba de frente y de costado, como se manipula un monigote; los rostros de ambas, bajo las capas de grueso maquillaje, no mostraban la menor expresión; sus cuerpos rígidos se alejaban o se aproximaban tocándose apenas, a merced del ritmo.

De repente la vieja vio a Abel asomado al postigo, y zafándose se acercó a la ventana y gritó:

—¿Qué tú miras?

—Estoy buscando a Mercedes Valencia —balbuceó Abel.

—¿Qué tú quieres? —preguntó, con mirada cortante y desconfiada.

El disco terminó y la aguja comenzó a crujir; la otra mujer se apresuró a quitarlo y luego se quedó quieta, de espaldas. Sus hombros, que la blusa dejaba al descubierto, eran musculosos y anchos.

—¿Me permite pasar?

—¿Qué tú viste?

—¿Dónde?

—Ahora mismo, aquí. ¿Qué tú viste?

—Yo no vi nada. Estoy buscando a Mercedes Valencia. Me dijeron que era en esta calle, en este número. ¿Es aquí?

La vieja se palpó con las dos manos el complicado moño, para comprobar que había sobrevivido a las cabriolas del tango, y dijo con acritud:

—Yo soy Mercedes Valencia. ¿Qué tú quieres?

—Vengo a hablarle de un negocio —dijo Abel, pronunciando con severidad la frase que él mismo había escogido como introducción.

Al oír la palabra negocio, como un militar que escucha de improviso un toque de corneta, la vieja cobró vida.

—Ahora te abro.

La sala olía a canela, a linimento. Los aromas se mezclaban como en una farmacia, o un mercado, o un jardín. Los muebles habían sido apilados en esquinas, tal vez para dejar espacio para que la pareja maniobrara a gusto en sus pasos y sus volteretas. Pero la mujer alta ya no estaba allí.

—Vengo de parte de Alicia, la viuda.

El rostro de la anciana volvió a agriarse.

—¡Ah, ésa! —dijo con desprecio— Dile que no le he

pagado porque los clientes no me han pagado a mí. Ella lo sabe, lo sabe muy bien. Ella sabe muy bien que si no me pagan no puedo pagarle.

—Pero es que ella está desesperada —dijo Abel.

Era la técnica que había inventado: primero la firmeza y después la súplica. Pasar de una a otra, inesperadamente. La amenaza debía ser el último recurso. A pesar de su edad, Abel tenía nociones de las vueltas del laberinto humano, donde las líneas rectas no existían.

—Desesperada —repitió Mercedes, chasqueando la lengua con incredulidad.

—Sí, sí, desesperada —insistió Abel, con rostro grave —. Le están haciendo la vida imposible. Le han subido el alquiler, los impuestos, el gobierno le pide dinero para todo, le están cobrando no sé cuántas cosas. Ella necesita que usted la ayude, que la ayude hoy mismo, que le pague lo que le debe —y se sacó del bolsillo el bulto de papeles, los pagarés atados con un cáñamo.

—No quiero verlos, tengo copia de todos —dijo Mercedes, y con furia empezó a reordenar los muebles—. Yo sé muy bien lo que debo. Pero no tengo plata. No me han pagado. Nadie me ha pagado.

Movía los butacones y balances con asombrosa fuerza, evitando arrastrarlos. Abel se puso en un rincón, temiendo que de un momento a otro ella también pudiera levantarlo y cambiarlo de sitio. Los dos guardaron silencio por un rato, hasta que en medio del ajetreo Mercedes se volvió hacia él y le gritó, con un resuello asmático:

—¡Te dije que no tengo dinero!

Abel, sin alzar la voz, le contestó:

—Pero es que ella lo necesita. Y si usted no me lo da, me voy a meter en un problema.

En ese instante un hombre descorrió la cortina. Alto y buen

mozo, de rostro pálido y recién lavado (en las mejillas brillaban todavía gotas de agua) avanzó con un andar cimbreante al centro de la sala, ondulando los brazos, y sonriendo y guiñándole un ojo a Abel preguntó:

—¿Qué busca este niño, mamá?

Tenía una voz aguda y cantarina, que contrastaba con su sólido cuerpo. Pese al insulto de la palabra niño, Abel sintió un alivio: era evidente que el joven se iba a poner de su parte. Sería la segunda vez aquel día que un desconocido se prestaba a facilitar su engorrosa encomienda, y pensó que para convencer a las mujeres a él le hacía falta siempre un mediador.

—Mira qué triste está —dijo el joven, peinándose con los dedos—. ¿No es verdad que es un muchachito muy triste, mamá?

Mercedes volvió a chasquear la lengua.

—Bah. Viene a cobrar los puñeteros vales de parte de la pelandruja de La Ilusión. Ya le dije que no tengo dinero, que no tengo nada.

El joven miró a Abel entornando los ojos.

—Ah, así que un cobrador...

—Alicia está desesperada, señor —dijo Abel, dando un paso hacia el joven.

—Señor no, señorito. Me llamo Arturo. ¿Tú trabajas en la tienda de Alicia?

—No es que trabaje allí, es que mi madre era prima de ella. Pero mi madre se murió y ahora yo estoy viviendo en su casa, y me pidió que la ayude a cobrar. Está desesperada, desesperada.

—No hay que repetir tanto las palabras —dijo Arturo, mirándose en un espejo en la pared y frotándose las mejillas y la frente—. De lo contrario pierden su efecto. Si dices desesperada tantas veces, uno piensa que no está tan desesperada, ¿ves? — y abrió los brazos como para abarcar la realidad esquiva de la viuda.

—No puede estar desesperada —dijo Mercedes, dejando

caer estrepitosamente una mesa redonda de caoba—. Está podrida en dinero.

—Perdone, señora, pero eso no es verdad. A mí me consta que el negocio está cada vez peor. El gobierno la está presionando. Y ella me presiona a mí.

—Y tú nos presionas a nosotros, ¿no? —dijo Arturo y se observó las uñas, largas y cuidadas— ¡Ay, mijo, qué cantidad de presiones! Vivimos dentro de una olla de presión y cualquier día explota, así, ¡paf!

—Arturito, te cuidado con lo que hablas, que uno no sabe quién es éste ni lo que se trae entre manos. Te lo he dicho mil veces, aguántate la lengua, ponte un esparadrapo en la boca.

—Por favor, señorito, dígale a su mamá que pague algo, no puedo volver a la tienda sin nada.

—¡No tengo dinero, te dije! —Mercedes, jadeando, trataba de alzar una poltrona.

—Pague por lo menos este vale de diez pesos, es el más atrasado —dijo Abel, extendiendo un papel amarillento, arrugado como una vieja carta de amor.

Arturo, con gesto pronunciado, sacó del bolsillo unos billetes y le dio un beso a uno.

—Las propinas de la peluquería. ¡Todo mi capital! Pero vamos a darte los diez pesos, yo no resisto ver a un niño triste. Tú me los pagas después, mamá.

Abel se apoderó del billete en un segundo y susurró bajando la cabeza:

—Gracias.

—Lo haces porque te da la gana —dijo Mercedes—. Yo no te voy a pagar nada. Eres un botarate, igualito a tu padre.

Arturo enlazó por la cintura a la vieja y dio un paso de baile. Al verlo Abel sintió un escalofrío. El movimiento, la figura del joven eran los mismos de la mujer alta. Se despidió con palabras confusas, y al salir de prisa estuvo a punto de caer de bruces sobre el quicio.

Afuera, en la implacable calma chicha, reverberaban las tejas, los alambres, los adoquines, la cal de las paredes. Un gigantesco cartel se levantaba cerca del callejón que daba al río, con retratos de colores subidos de hombres de barbas y uniformes verdes, apuntando con robustos brazos hacia el sol del futuro, tan rojizo que parecía pintado con colorete o con creyón de labios. Del interior de algunas de las casas salía olor a café, recién colado para espabilar a quienes despertaban de la siesta. Una mujer que le rehuía al sol caminaba despacio con la cabeza gacha, bajo el filo de sombra que ofrecían los aleros. Abel, al pasar por su lado, escudriñó su rostro enmarcado por una pañoleta, buscando un signo de masculinidad.

En el camino de regreso a la tienda olvidó su aventura matinal en el cuarto de gruesas cortinas; olvidó incluso que su segundo trabajo del día había acabado de nuevo en un éxito: sólo pensaba en mirar con fijeza las mujeres que encontraba a su paso, jóvenes, viejas, hermosas o feas, en las calles, las aceras, los carros, las ventanillas de las ruidosas guaguas, con la sospecha de que a cada momento podría ser víctima de un nuevo engaño.

Al entregar el dinero a la viuda, que lo recibió jubilosa con la misma exclamación de: «¡Eres un mago, Abel! ¡Ninguno como tú!», besándolo en el pelo y la frente, tuvo que dominarse y cruzarse las manos detrás de la espalda, para no agarrarle con brusquedad un seno y comprobar que la protuberancia era un bulto de carne, y no otro simulacro.

Dos

Al sentir el olor de la leche quemada Sofía López corrió hasta la cocina, dejando con la palabra en la boca al joven cobrador que la visitaba desde hacía más de un mes, y que por segunda vez esa semana había venido a pedirle dinero. El jarro achicharrado parecía a punto de soltar el fondo, mientras vetas de tizne oscurecían el líquido blancuzco, reducido a una espuma maloliente; el humo la hizo toser hasta llorar.

El día empezaba con otra tragedia. Inútil invocar a la Virgen, o al santo favorito, San Judas Tadeo. Sofía López, que iba cada semana a misa, que con la lengua disolvía lentamente la rugosa hostia, cuya insipidez le era tan familiar como el pan o el arroz, sabía de sobra que Cristo, los santos y la Virgen habían llevado vidas de sufrimientos; quién era entonces ella para estarse quejando. El rostro incomprensible de Dios se esfumaba igual que la humareda por la ventana abierta, como una niebla rala e intoxicante, penetrando en los árboles del patio, en la ropa colgada en los cordeles, hasta llegar a la misma letrina. Ahora era necesario regatear otro litro de leche. Agarró con un trapo el jarro ardiente y lo puso bajo el chorro de agua en el abarrotado fregadero.

Desde el cuarto llegaban los ronquidos de su esposo Roberto, un estertor ligero y acoplado con el estrepitoso cancaneo de las aspas del ventilador. Anoche había bebido vino tinto hasta caerse de en un charco de vómito; luego se había quejado durante toda la larga madrugada, gimiendo, manoteando, esquivando en el sueño los golpes, las mordidas de un animal mitad cernícalo y mitad ternero; al amanecer, empapado en sudor, le había descrito a ella la figura monstruosa, mientras Sofía arreglaba el mosquitero que él había derribado dormido, luchando con las piernas y los brazos contra sus pesadillas. Al desplomarse, la tela los había apresado a ambos como una red; por un minuto marido y mujer fueron dos peces debatiéndose en una malla asfixiante de tul, hasta que Sofía despertó y rezongando se libró del tejido.

Diez años antes, la abuela de Sofía, una anciana sin pelos en la lengua, le había advertido:

—La negra que se casa con un blanco nunca va a ser feliz.

Pero Sofía, que era entonces una grácil mulata de diecinueve años, no aceptaba su piel como una maldición; en el colegio de monjas, las hermanas oblatas, que tenían más o menos el mismo color que ella, le enseñaban que Dios no establecía diferencias de razas. Es decir, que su novio Roberto, aunque no era católico, simplemente pensaba igual que Dios. Cuando al fin se casaron hubo pleitos familiares, insultos, escándalos y llantos; la madre de Roberto lo botó de la casa e incluso le gritó:

—¡Hasta hoy eres mi hijo!

La madre de Sofía no se mostró agresiva, pero el cariño entre ambas se estropeó para siempre. Sin embargo, el rechazo, la obstinación, el reto, además del loco deseo de estar juntos, de manosearse, de gozar sus cuerpos, espolearon la determinación de la joven pareja; el matrimonio cimentó las paredes de lo que con el tiempo se volvió ratonera, laberinto, cepo. Roberto comenzó a derrochar su salario de viajante en juergas; se volvió putañero y borracho.

El esperado hijo no trajo alegría: pronto se hizo evidente que el niño tenía fallas, que pese al llamativo contraste de sus ojos verdes y su piel oscura, algo no acababa de cuajar en él; no aprendía a hablar del todo, no comprendía lo que se le decía, no realizaba siquiera las cosas más sencillas que se esperaban de él; los médicos diagnosticaron un severo retraso, una dificultad insuperable con toda forma de comunicación. En la escuela fue un fracaso total. Sofía y Roberto terminaron pagando un maestro a domicilio, que a la larga se dio por vencido. Ahora, con nueve años, David pasaba horas prácticamente inmóvil, sin hablar, absorto en la ventana, o sentado en el quicio de la calle, o bajo el tamarindo del patio, mirando con atención la gente, los insectos, los pájaros, negándose a participar en diálogos y juegos, ignorando las reglas de la vida.

Con el tiempo Sofía, que por orgullo o por resentimiento había roto toda relación con su familia, tuvo que afanarse para mantener la casa a flote; como no podía dejar solo a David, se volvió costurera. También de vez en cuando vendía vales a plazos a los pobres más pobres para que compraran zapatos y ropas en La Ilusión; la viuda Alicia Fuentes le pagaba una insulsa comisión por venta; pero Sofía, buscavidas al fin, les sacaba partido a los centavos. El joven cobrador había venido hoy una vez más a recordarle ceremoniosamente, con rostro compungido, el atraso en los pagos. Ahora le estaba enseñando a David a jugar a las damas; para sorpresa de Sofía, ambos habían logrado entenderse; el emisario de Alicia parecía poseer una especie de llave para abrir la puerta que daba acceso al mundo cerrado del niño.

Raspó con vehemencia la tizne del jarro, frotó con la esponja de alambre las hornillas y luego hizo una pausa al escuchar en el fondo del patio el gorjeo de un sinsonte. Roberto había dejado de roncar. Pronto aparecería en el comedor, sumiso, y con manos temblorosas tomaría un vaso de agua, luego una taza de café; seguramente, a causa del temblor, derramaría unas gotas sobre la barbilla, mancharía la camisa, el pantalón, y en silencio le pediría perdón a ella, su mujer, por el hecho de existir. Su semblante siempre tenía esa expresión al otro día de una borrachera; su rostro mudo y abotagado, sus ojos somnolientos parecían decir: «Perdóname. Aquí estoy. No puedo desaparecer».

Sin embargo, cuando volvía a beber olvidaba sus gestos humillados. Se convertía de nuevo en el mismo mandamás, intentando imponerse; o en el mismo charlatán jaranero, citando frases de escritores y versos (algunos incluso escritos por él), alardeando de hazañas y vivezas, concibiendo planes descabellados, rememorando historias que ella ya había escuchado mil veces. Sólo una vez Sofía, que aguantaba sin quejas lo que consideraba *una de sus dos cruces*, se había rebelado contra aquel chorro de palabras huecas, y dejando caer violentamente una sartén encima de una mesa, había gritado:

—¡Para de hablar, pareces un perico!

El había levantado la mano, amenazante, y ella se había acercado a él, hasta sentir su aliento contaminado por el ron y el vino, y le había dicho mirándolo fijamente a los ojos:

—Atrévete. Atrévete a pegarme. Es lo único que te falta.

Pero él bajó la mano, la metió en el bolsillo, como si buscara papeles o monedas, y salió de la casa con un brusco portazo. Esa noche regresó tambaleándose y cayó largo a largo ante la cama donde ella simulaba dormir, envuelta en la sábana como en una mortaja. Al final lo ayudó a levantarse. Luego los dos lloraron. Porque en la ratonera, el laberinto donde Sofía había quedado presa, sobrevivía un instinto parecido al amor.

Al terminar de fregar comenzó a arreglarse para ir a la bodega, y mientras se cambiaba la blusa en el cuarto echó un vistazo bajo el mosquitero. Roberto dormía áun, el pecho velludo mojado de sudor, pese a las ráfagas del ventilador, que oscilaban de un lado para otro con áspero traqueo. Con una mano se cubría una mejilla, con la otra la frente, como si en el sueño se protegiera el rostro de alguna embestida; en eso había acabado este hombre al que ella se había entregado una vez, por el que había dejado sus estudios, su futuro, su familia, todo: en una especie de niño espantado, acosado por tropas invisibles.

¿Había empezado todo por el matrimonio con una mujer de otra raza? ¿O él siempre había sido así, débil, cobarde, y durante el noviazgo lo había disimulado? ¿O la certeza de que su hijo David era anormal lo había desmoronado hasta ese punto, haciendo trizas su fuerza de voluntad? ¿Se había agravado su desintegración con el episodio de la chivatería, que él le había confesado hacía un año y en el que ella no se atrevía a pensar? Nadie podía saberlo. Sólo Dios conocía las personas a fondo, descifraba la hoja y su envés, y descendiendo al pozo podía mover el agua, agitarla, aclararla, tal vez purificarla, o en el peor de los casos oscurecerla más, como el ángel que derramó su copa sobre los ríos. Ella, Sofía, terminaba siempre igual que había empezado: sin saber y sin entender nada.

Frente al espejo se dio un peinetazo y se untó polvo en la nariz chata para amortiguar el brillo de su piel morena. Su vanidad de mujer que se sabía todavía codiciable no había sido doblegada del todo; la blusa de flores destacaba los senos; la cinta azul enmarcaba con gracia el pelo que no llegaba a ser totalmente rizado; sólo la cintura había perdido en parte su esbeltez; a pesar de trajines y desvelos, Sofía había empezado a engordar.

Mientras se pasaba la mota por la cara sintió un estremecimiento: fue como un corrientazo, una súbita crispación del cuerpo, un temblor en los hombros que la erizaron de pies a cabeza. Esto le ocurría por lo menos una vez al mes desde hacía muchos años, desde antes de casarse, incluso desde que estaba en el colegio de monjas de piel parecida a la suya. Volvió a mirar bajo el mosquitero para comprobar que Roberto dormía y no había presenciado este momento íntimo, inconfesable, que sólo le hubiera causado vergüenza de ocurrir delante de un testigo, aunque éste fuera un marido borracho. Pero Roberto roncaba otra vez, empapando de saliva la punta de la almohada.

La gente supersticiosa acostumbraba a decir: «Le pasó un muerto». Pero Sofía provenía de una familia católica, educada; su difunto padre fue uno de los pocos médicos negros de Camagüey. Según las enseñanzas que ella había recibido en su infancia, los muertos iban al cielo, al purgatorio (donde posiblemente iría a parar Roberto) o al infierno; no deambulaban dentro de las casas aprovechando una oportunidad para jugarle una mala pasada a una mujer.

Y sin embargo, Sofía tenía sus dudas. Había tantas cosas que uno no entendía. Tal vez por un error ciertos espíritus quedaban rezagados, olvidados en medio de la muchedumbre que día tras día moría alrededor del mundo. Y uno de éstos le había tocado a ella. ¿Por qué? ¿Y quién? Los allegados eran bastante pocos. Su padre había muerto hacía ya doce años, no sin antes mirar con recelo al pretendiente rubio de su hija, que nunca se atrevió a pedir la mano de la muchacha, que en esa época comenzaba su bachillerato (el compromiso quedó establecido, pese a la reticencia de la madre de Sofía y a la oposición unánime de la familia de Roberto, cuando el doctor José Ignacio López cumplió un año de muerto). Pero mucho antes de morir su padre ya Sofía padecía de estos repentinos temblores, que por suerte duraban solamente segundos. Podía tratarse de algún antepasado, del abuelo materno, o de la tía que falleció de tisis. O más probablemente, ella, Sofía, no estaba muy bien de la cabeza, y nunca lo había estado. La prueba contundente de su desquiciamiento roncaba en este instante bajo el mosquitero. Sí, se dijo con una leve sonrisa, a ella siempre le faltó un tornillo. Terminó de arreglarse, contó el menudo regado en la cartera y salió del cuarto, cerrando con cuidado la puerta para no despertar a su esposo. Frente al espejo quedaba la huella de su escalofrío, como un líquido que al evaporarse deja sólo una invisible traza.

En la sala el joven mensajero de Alicia ordenaba las fichas negras y rojas de las damas sobre el tablero de cartón, mientras David miraba embelesado. El sol de la mañana iluminaba los rostros absortos del maestro y su alumno, que no sintieron llegar a Sofía.

—Abel, voy a buscar leche, vengo en quince minutos, ¿puedes quedarte un rato con David?

—Si usted no se demora.

—Me da muchísima pena contigo, pero hoy tampoco voy a poder pagarte. A lo mejor la semana que viene.

—La semana que viene —repitió David con voz estropajosa.

Sofía se echó a reír. A veces su hijo repetía palabras y uno no llegaba a saber si entendía en realidad lo que decía.

Abel rió también. El mismo había olvidado por qué estaba allí, en esta sala cuya pulcritud no llegaba a encubrir el destartalo, frente al niño de ojos intensamente verdes que resaltaban en su cara cobriza.

—Tengo que irme a las once —dijo Abel—. Después que usted venga.

Sofía se retocó una vez más la cinta que sujetaba el pelo y al fin salió a la calle, al mundo que ella había aprendido a mirar como hostil. Las vecinas desde sus ventanas la saludaban con condescendencia, mientras fabricaban la tupida malla del desbarro y del chismorreo. Sofía sabía que muchas se burlaban de ella. («Sí, niña, una negra fina. Habla como si fuera una maestra». «Una negra que se quiere hacer pasar por blanca porque tuvo la suerte de casarse con un blanco». «¿La suerte o la desgracia?» «Una negra muerta de hambre que se cree de la *jai*». «Bueno, negra no, mulata, para el caso es lo mismo». «¿El marido? Un desastre. Pero eso era de esperar». «Y el niño, pobrecito. Dicen que es retrasado mental». «¿Dicen?» «Ay, chica, no te rías de eso, que Dios te castiga». «La madre de ella tiene un poco de plata, el padre que en paz descanse era doctor, pero a ella no le da ni un kilo». «Imagínate, con ese marido zángano y sinvergüenza, todo el dinero se va por el tragante».)

Las voces del vecindario la cercaban, pese a ser inaudibles; detrás de las paredes, las puertas y ventanas, el cuchicheo, el tejemaneje, la hacían sentirse totalmente indefensa, como si caminara desnuda por la calle. Sin embargo, proseguía su camino con la cabeza erguida, observando las filas de baratijas y de cristalerías en la quincalla, examinando las frutas encimadas en el carretón del viandero, algunas opulentas y otras apolismadas, contestando saludos con una sonrisa.

Banderas rojas y negras en las casas, carteles en las calles que glorificaban la patria y el gobierno, le recordaban que la ciudad vivía algo que tenía el nombre de revolución. Pero Sofía también se sentía ajena a esa fiebre política que exaltaba a la gente; los discursos, las movilizaciones, esa marea fogosa de consignas, milicias, elogios, improperios, pancartas, tenían poco que ver con el círculo estrecho de su vida: su marido, su hijo, su devoción a Dios, la Virgen y los santos; su abnegación por mantener su casa; sus costuras y su sacrificio. No se consideraba ni negra ni blanca, ni rica ni pobre; su mente no funcionaba en esos términos; por lo tanto, las promesas de igualdad, vociferadas desde plazas y esquinas, o en la radio y la televisión, no la tocaban siquiera de lejos, como si alguien gritara continuamente un nombre que no fuera el de ella; al escucharlo, Sofía seguía de largo sin volver la cabeza, inmune a la algazara.

Más importantes eran los miedos de Roberto, que durante la lucha clandestina, movido tal vez por un ensueño de paz y justicia, o tal vez por pura rebeldía o afán de aventuras, había repartido panfletos contra la dictadura de Batista y había pertenecido a células secretas, pero luego de haber sido arrestado y presionado mediante amenazas y torturas, había delatado a algunos de sus colegas, y al quedar en libertad se había alejado completamente de la conspiración. Nadie sabía de su claudicación, sólo los policías a cargo de los interrogatorios; al salir de la cárcel, Roberto se había limitado a decirles a sus compañeros de lucha que no quería seguir mezclado en la política; la enfermedad de su hijo David le había dado una excusa convincente.

Pero después del triunfo de la revolución, Roberto había empezado a temer que su delación saliera a la luz, y que los triunfadores le pasaran la cuenta. Fue entonces cuando le confió su vergonzoso secreto a Sofía, que de inmediato fue presa del pánico, al imaginarlo frente a un paredón, como le había ocurrido a tantos otros; sin embargo, no demostró su angustia, y sin mover un músculo del rostro le dijo:

—Ya eso pasó. Si no se ha sabido hasta ahora, no se sabrá. Olvídate de eso.

Frases sensatas. Dichas con voz segura. Que no llegaron a borrar la aprensión. Día tras día, mes tras mes, las dudas comenzaron a empapar de veneno la vida cotidiana, y aunque nadie los había molestado, y marido y mujer habían logrado mantenerse al margen de farfollas y de peloteras (sólo ella, por católica, se había ganado algún comentario punzante de dos o tres revolucionarias fervientes del barrio) la incertidumbre flotaba en el ambiente como un olor tenaz.

En la tienda compró un litro de leche, una flauta de pan, un puñado de caramelos redondos y dorados, que en su interior tenían gotas de miel. El bodeguero, fresco y cuarentón, la piropeaba, ensalzaba su blusa, sin apartar los ojos de los senos rollizos. Sofía aceptaba siempre los cumplidos con un rostro serio, lo que en vez de desanimar a los hombres terminaba por incitarlos más. Sin embargo, ni el asedio de los admiradores, ni la conducta brutal de Roberto, habían logrado socavar su voto de fidelidad. Ser fiel era la forma de darle una coherencia, un viso de solidez a su mundo frágil y amenazado, su mundo de mujer que no encajaba ni aquí ni allá, navegando en las aguas ambiguas de la raza, con un hijo que no encajaba tampoco en ningún sitio, y un esposo que se había atrevido a desafiar el orden familiar y social pero que luego no se había comportado a la altura del reto, y a la larga se había convertido en un fardo, en un ser tan ineficaz como el mismo David, que ahora por primera vez había sacado a la sala el tren eléctrico, un regalo del día de los Reyes Magos al que nunca había prestado atención.

David y Abel, tirados en el piso, habían dejado a un lado el tablero de damas y miraban risueños el loco recorrido de la locomotora y los vagones, que traqueteando atravesaban puentes, túneles y curvas, mientras Roberto, sentado en el balance, en payamas, despeinado y pálido, intentaba con manos perplejas encender un cigarro. El tren pasaba casi rozando los pies descalzos de ese torpe fantasma, que era a la vez un padre y un marido. Sofía entró silenciosa y cerró la puerta.

Afuera quedaban las voces, el jaleo, el incesante brete de los entrometidos, las jaranas, los piropos, el escarceo político, la intrincada espesura del barrio y la ciudad, donde hervían los discursos, los chismes, los pregones. Sofía repartió los caramelos entre Abel y David, evitando mirar el rostro de Roberto, que tenía la expresión («Perdóname por ser, por estar; perdóname por no desaparecer») que ya ella conocía. Luego siguió de largo a la cocina.

Al pasar por su cuarto miró de reojo la cama matrimonial, sobre la que se alzaba como una jaula de tela el mosquitero, y se sobresaltó: un cuerpo parecía dormitar enroscado, tapado por el embrollo de sábanas manchadas de sudor. Sofía dejó sobre una silla el cartucho con la leche y el pan, abrió de par en par la ventana, desmanteló de prisa el andamiaje sujeto por cordeles y echó al piso las sábanas, poniendo al descubierto las almohadas, cuyas formas macizas y alargadas le habían causado el susto, y que aún conservaban las huellas de las cabezas, la suya y de Roberto. El insomnio, los sueños, los espasmos, el amasijo de contradicciones, no aparecían en estas hendiduras. Las fundas sólo reclamaban limpieza.

Sofía hizo un lío con la ropa de cama y suspirando lo llevó a la batea, pensando que tan pronto cocinara la leche tenía sin falta que ponerse a lavar.

Tres

Más allá del cristal del parabrisas se abría la noche, el campo. Los faros del enorme automóvil iluminaban con crudeza la cinta estrecha y solitaria de la carretera; los costados donde crecían matojos, plantíos de caña, franjas de marabú; las curvas repentinas y los baches, que obligaban a la disminución de la velocidad; los angostos puentes, con sus vibrantes barandas de metal; la irrupción de caminos vecinales y de brillantes rieles que indicaban el paso del ferrocarril.

Abel agarraba el timón con las dos manos, como un náufrago un pedazo de tabla en un mar encrespado; estiraba el pie izquierdo para dominar con la punta del zapato el freno y el acelerador; echado hacia adelante, casi tocando con la frente el espejo retrovisor, manejaba exaltado; era a la vez capitán, aviador, y sobre todo acróbata que da volteretas bajo los reflectores en un salto mortal.

En el asiento de atrás se escuchaban quejidos, susurros, ronroneos y chasquidos de besos. Alicia Fuentes tenía ahora un amante; Abel ya no era sólo el cobrador de vales, sino también el chaperón.

Esa noche la viuda lo había dejado por primera vez manejar su Buick del 58, un aparato rotundo, deslumbrante y además automático, lo que facilitaba la tarea del chofer.

A lo lejos, en la vasta negrura, se alzaban las siluetas de

palmares, chispeaban las llamas de quinqués dentro de los bohíos, resonaban los grillos. La llanura a los lados, la carretera al frente, no se acababan nunca. Tampoco era preciso que tuvieran fin. Metidos en la noche como en una vasija, el carro y sus tres ocupantes rodaban sin rumbo, olvidados de todo, con la lentitud de los que nadie espera y que no se dirigen hacia ningún sitio. Abel estaba al frente de la expedición.

Su vida había cambiado en el último mes con el comienzo del súbito romance entre la viuda y el nuevo administrador, Sebastián. El hombre, puesto por el gobierno para supervisar la tienda que Alicia, pese a las presiones, se negaba a entregar, se había ganado primero el odio de ella, que veía en su perpetuo uniforme de miliciano la viva encarnación de un poder que quería despojarla, chantajearla, humillarla, destruirla; pero poco a poco, en cuestión de semanas, el intruso había logrado desgastar la coraza de recelo y rencor de la mujer con sonrisas, gestos insinuantes y frases de halago. En la minúscula oficina que ella se había visto obligada a compartir con él, entre tiras de cifras, pagarés y facturas, la lucha de clases y de ideologías se había contaminado de un tinte sexual.

Abel fue testigo del fin de la batalla: un roce de manos, una frase en voz baja, una mirada sumisa de Alicia. Sebastián, con treinta años recién cumplidos, seis pies de estatura, pelo negrísimo, bigote tupido, ademanes enérgicos y labia, sometió en menos de dos meses a la cuarentona.

—Abel, tú eres lo único que tengo, tú eres el único en quien puedo confiar —le había dicho una noche la viuda—. Aunque eres casi un niño, piensas y actúas como una persona mayor. Voy a decirte un secreto, pero me tienes que jurar que no se lo vas a decir a nadie.

Estaban en el comedor, tomando sopa. La cocinera había acabado de irse. La tienda silenciosa en el frente de la casa, el patio y los cuartos en penumbra, los canteros de hierbas y flores con un olor penetrante y dulzón, la lámpara de gotas de cristal que sacaba destellos a los platos sobre el blanco mantel, propiciaban una revelación, unas palabras comprometedoras: la intimidad apenas dejaba respirar, como si fuera una ropa apretada.

—Tú estás solo en el mundo, igual que yo. Tú puedes comprenderme —continuó Alicia, que no había tocado la cuchara después de sumergirla en el caldo humeante.

Abel, que no se atrevía a levantar los ojos, ni a discutir si estaba solo o no, trataba de no hacer ruidos con la boca al tragar.

—Yo sé que te has dado cuenta. Tú tienes una inteligencia natural. Dime la verdad, ¿no te has dado cuenta?

El muchacho farfulló una frase que ni él mismo entendió, mientras miraba fijamente la sopa, que parecía tener la hondura del mar.

—Estoy enamorada de Sebastián —dijo la viuda, limpiándose con la servilleta la boca intacta—. Y él también de mí. Somos novios.

El silencio se impuso en aquel comedor donde durante más de veinte años Alicia y su esposo, un matrimonio sin hijos, habían comido acompañados sólo por la presencia invisible del dinero, y donde luego, tras la muerte de Antonio, la viuda había cenado apenas confortada por la misma presencia invisible, que sin embargo no alcanzaba a suplir al difunto. Y ahora que el dinero amenazaba con desvanecerse, y Abel, el hijo de la prima que había muerto de cáncer, ocupaba con timidez la silla que una vez fue de Antonio, Alicia había escogido para desahogarse este escenario donde había transcurrido gran parte de su vida.

—Yo sé que él es más joven que yo, y que tiene ideas distintas a las mías. Yo sé que a lo mejor todo esto es una locura. Pero yo lo quiero, y yo siento que él me quiere. No sé qué hacer.

Abel no podía ni quería aconsejar. Los fideos se negaban a

ocupar su lugar dentro de la cuchara, se escabullían en los bordes del plato. Con mano temblorosa era difícil acomodarlos encima del metal. El no era un niño, pero no era verdad (como él había creído hasta hacía poco) que fuera completamente un hombre, por mucho que quisiera serlo; el mundo de los hombres y de las mujeres aún le estaba vedado. A veces deseaba transgredir la frontera, brincar el muro de su adolescencia y dominar como todo un señor ese terreno vasto donde los hombres alteraban el rumbo de las cosas, daban órdenes, se dejaban crecer bigote o barba, incluso andaban con pistolas al cinto como el miliciano Sebastián, imponiendo caprichos, conquistando mujeres. Pero él sabía que su única experiencia amorosa, en casa de Leonor la vendedora, no había sido producto de su voluntad; ella hasta cierto punto había jugado el papel de hombre, y él simplemente se había dejado hacer. La vida no había cuajado el molde donde él encajaba. Era mejor concentrarse en la sopa.

—No sé qué hacer, no sé qué hacer —repetía Alicia, extendiendo la servilleta sobre el mantel como si escondiera una mancha.

Mentira; sí sabía. Había tomado ya su decisión. Era como ponerse a favor de un fuerte viento, o de la impetuosa corriente de un río.

—Fíjate que quiero que me guardes el secreto. Sobre todo no se lo vayas a decir a tus abuelos. Mis tíos no entienden nada de estas cosas —dijo la viuda, apartando por fin el inservible plato—. Pienso dar un viaje, quería también hablarte de eso, porque tú me vas a acompañar. Las clases no empiezan hasta septiembre, ¿no es verdad? La semana que viene nos vamos de paseo.

De esta forma Abel había recorrido en el último mes media isla. De madrugada, en ómnibus lujosos con un aire acondicionado polar, Alicia y Sebastián viajaban en la última fila; Abel delante, cerca del chofer. Otras veces, en el vagón de primera del tren que unía La Habana con Santiago de Cuba, los tres jugaban a La Solterona con barajas de figuras brillantes, mientras valles, sabanas y puebluchos surgían y se esfumaban detrás de los cristales de las ventanillas, nublados por el vaho y la humedad.

En La Habana se habían hospedado en un hotel frente al Malecón; Abel tenía una habitación para él solo; la vista de la ciudad y el mar le causaban un placer inaudito. Por la noche paseaban en una máquina de alquiler por avenidas desbordantes de luces, de voces, de gentío. Alicia había cambiado su vestido negro de mangas tres cuartos por blusas y faldas de intensos colores; Sebastián su uniforme de milicia por traje y corbata.

Abel no había salido nunca de Camagüey; su infancia había estado sujeta a la casa, la escuela y el reparto; su madre había vivido doblada sobre la batea y la tabla de planchar, ocupándose de la ropa ajena, hasta que se murió; sus abuelos eran gente de campo, cuyo mundo se ceñía al pedazo de tierra en las afueras de la ciudad, donde cosechaban verduras para sobrevivir; y el padre de Abel era un desconocido cuyo nombre ni siquiera se podía mencionar.

Ahora este escuálido y reducido espacio se ensanchaba hasta abarcar provincias y ciudades que hasta entonces sólo había visto en libros de geografía de Cuba; camareros con chalecos blancos le servían de mañana la leche y el café en el apabullante comedor del hotel, le preguntaban cómo quería las tostadas, que él luego empavesaba con queso y mantequilla.

Por alguna razón al volver de La Habana habían hecho una escala en un pueblo de calles muy anchas al lado de la Carretera Central. El hotel, que daba a una frondosa alameda, desolado durante todo el día, se transformaba al anochecer. Las parejas inundaban el cabaret en el segundo piso, donde una gorda cantaba boleros acompañada por un pianista negro, y luego tres mujeres prácticamente en cueros meneaban hombros, senos y caderas al compás de una rumba colosal. Al final una orquesta con violines y flautas tronaba chachachás, que retumbaban a lo largo de la madrugada.

Abel, insomne, pegaba el oído a la puerta que separaba su cuarto del de al lado, donde la viuda se desgañitaba como si un verdugo desgarrara sus carnes con un instrumento de tortura; los gritos se mezclaban a los chirridos del descalabrado bastidor. Salía al pasillo, descalzo y sin camisa, y caminaba en la punta de los pies hasta el balcón al final del corredor, escuchando detrás de cada puerta las mismas sacudidas en las camas, los mismos gimoteos. Sentado en un sillón bajo el cielo estrellado miraba la alameda y los techos tranquilos, que no guardaban proporción con la fiebre que se desperdigaba por las ventanas del hotel, abiertas a la noche, y por las que salían los roncos suspiros, los jadeos dolorosos, las súplicas obscenas. Abel imaginaba los chorros de saliva, de jugo femenino y de semen que empapaban sábanas y almohadas, sentía al alcance de su mano los cuerpos que se descoyuntaban sobre los colchones, en un careo de gritos sin cuartel.

El forro del sillón le quemaba los muslos. Se levantaba y daba unos pasos hasta la baranda del balcón, pensando todo el tiempo en que ya él «meaba dulce», como decía su abuelo. No podía estarse quieto. De regreso en el cuarto se acercaba de nuevo a la puerta de Alicia y Sebastián; los alaridos de ella habían adelgazado hasta volverse un gemido muy quedo, acompañado de los brutales resoplidos del hombre. El bastidor continuaba chirriando, como a punto de desintegrarse. Abel se masturbaba recordando a Leonor, sus tetas de pezones enormes, la abertura que lo devoraba. Se tendía largo a largo, desnudo, resollando, desmorecido, frotándose contra el cubrecama, hasta embarrarse las manos y el vientre. Luego empezaba otra vez. A lo lejos la flauta y los violines, los golpes de maracas y timbales, proseguían repicando como una alferecía. Se dormía cuando la claridad hacía visible su cuerpo en el espejo. Sólo quedaba entonces el trino de los pájaros revoloteando sobre la alameda, que sonaba en sordina en su sueño repleto de deseo y sobresalto.

Al volver a la tienda, que había quedado en manos de un viejo contador en quien Alicia confiaba ciegamente, y de otro miliciano al que Sebastián había entregado el mando provisional, los enemigos que se habían hecho amantes asumieron de nuevo el control del establecimiento, que a la larga se volvió a convertir en campo de batalla: las telas, los zapatos, el dinero, la autoridad sobre los empleados, todo contribuía a levantar entre ambos un muro, una alambrada que las caricias no podían derribar. Abel se hacía el de la vista gorda al llegar de la escuela y encontrar a Alicia vestida otra vez con la ropa de luto, con los ojos llorosos. Los fines de semana hacía de nuevo su ronda por las casas de las vendedoras con pagos atrasados, escarbando sin él mismo saberlo en la perturbadora intimidad de familias que se parapetaban tras fachadas, que protegían con cortinas, persianas y llavines sus vergüenzas.

Una noche Alicia y Sebastián se quedaron trabajando en la oficina hasta mucho después de cerrar la tienda, tratando de cuadrar un inventario. Abel dormía en el cuarto del fondo, que daba al solitario callejón. Lo despertaron las voces iracundas, los gritos de: «¡Vieja burguesa!» «¡Miliciano de mierda!» «¡Puta!» «¡Maricón!». El nunca le había oído a la viuda una mala palabra, y escuchar cómo las gritaba en el espeso silencio de la noche le parecía una simulación, como si la mujer repitiera frases que alguien hubiera dicho, o a lo mejor escrito. Eran gritos de actriz. Abel se tapó la cabeza con la almohada y siguió durmiendo.

Por la mañana Alicia entró en el comedor con unos enormes espejuelos oscuros, que habían sido del marido difunto. Al sentarse a la mesa no saludó ni a Abel ni a la criada, que guardaron silencio. El humo de la leche y el café les ofrecía un pretexto para fijar la mirada insegura en un sitio, ya que ninguno de los dos tenía la protección de cristales negros. Abel se fue a hacer su ronda de cobrador sin tener el valor de despedirse. Por la tarde pasó con la cabeza gacha frente a la viuda, que leía una revista en la sala, abanicándose con una penca; todavía no se había quitado las gafas.

Al otro día, domingo, Sebastián tocó a la puerta de la cochera; Abel le abrió. El hombre perfumado, que traía en una mano un ramo de claveles como si sujetara un hierro al rojo vivo, lo palmoteó en la espalda y la cabeza, entró con fingida soltura en la casa y luego preguntó por Alicia, mientras comprobaba frente al espejo gigante de la sala que la mota de pelo ahogada en brillantina conservaba su rígido esplendor. La viuda, que sacaba cuentas dentro de su oficina, salió al patio; sin espejuelos y sin maquillaje, su rostro ajado mostraba bajo el sol una impúdica vulnerabilidad; una mancha violácea se extendía desde el ojo derecho a la mejilla. Al verla, Sebastián hizo un gesto inaudito: se puso de rodillas. Abel corrió a encerrarse en su cuarto, pues esos movimientos de los seres humanos le causaban pavor. Por la noche los tres salieron en el carro a coger fresco; en una carretera apartada, los amantes tuvieron la ocurrencia de dejar que Abel fuera el chofer.

Luego de breves lecciones en un camino vecinal, ahora el adolescente manejaba absorto en la cinta de asfalto; las luces del tablero iluminaban tenuemente las cifras y las abreviaturas que él apenas llegaba a comprender. La pareja en el asiento de atrás se besaba, se hacía promesas en voces susurrantes que Abel trataba de no escuchar. Pero era inútil. Los murmullos, los ruidos húmedos del amor, o del deseo, o como quiera que se llamara aquello, llenaban el espacio del carro con su sonoridad insoslayable.

A él también una mañana lo habían besado, lo habían apretujado; inesperadamente se había visto desnudo en una cama, fajándose, afincándose, braceando sobre el cuerpo de una desconocida. Se había hundido en los cabellos de la mujer, en su boca, en sus axilas y sus tetas sudadas, hasta sentir una intensa cosquilla, una urgencia que reducía su cuerpo a un solo punto, por el que de repente se vaciaban sus fuerzas.

Un golpetazo le clavó de repente el timón en las costillas. La vaca había salido de la nada. El carro la embistió por el centro del cuerpo, la lanzó por el aire, y sin control comenzó a zigzaguear de un lado a otro de la carretera, hasta que dando vueltas cayó en una cuneta, sobre las lajas al lado de un arroyo. El claxon, apretado por el cuerpo tembloroso de Abel, resonaba con demente estridencia, al igual que los chillidos de la viuda y las maldiciones de Sebastián. Los tres salieron del auto atolondrados, pero sin un rasguño. La oscuridad alrededor daba grima. La res, despachurrada, se desangraba bajo un algarrobo. Los perros de una finca ladraban desaforadamente. Alicia, lloriqueando, con los senos casi al descubierto, abrazó a Abel, que del susto se había quedado mudo.

—No pasó nada, ya está bueno, ya —repetía Sebastián, que de inmediato comenzó a maniobrar para sacar el carro de la zanja.

Como juerguistas al amanecer, agotados después de una noche de excesos, los tres recorrieron sin decir una sola palabra el camino de vuelta a la ciudad. Sebastián manejaba con Alicia a su lado, ambos apenas rozándose los hombros; Abel iba detrás, recibiendo en el rostro la cortante brisa, acariciándose las costillas golpeadas. Atravesaron las calles desiertas cuando comenzaba a hacerse de día. Algunas viejas vestidas de oscuro, sujetando los velos, los breviarios, se dirigían a misa al son de las campanas que repicaban sobre los quietos techos, mientras soldados de uniforme verde aparecían en plazas y en esquinas, con rifles al hombro. Sebastián comentó que hacía dos noches un grupo subversivo había puesto una bomba en una fábrica, y que el gobierno había ordenado redoblar las guardias para frustrar cualquier conspiración.

A Abel, medio dormido, aún aturdido por el súbito impacto del carro con la vaca, se le ocurrió pensar que de alguna manera las viejas religiosas y los militares eran réplicas de Alicia y Sebastián; pese a distintas estaturas y edades, eran aquí y allá ella y él. Ella y él, ella y él, ella y él. El joven cabeceaba, abría los ojos, los volvía a cerrar; las calles retorcidas parecían esfumarse, disolverse en las redes de neblina.

Esa mañana Abel no fue a la escuela. Se quedó dormitando, entreviendo en el medio de la duermevela un capó ensangrentado, una res que volaba, y el par de senos flojos de la viuda, que temblequeaban luego de librarse del calabozo de la blusa negra. El izquierdo tenía un lunar rojizo, cubierto por una pelusa. En el sueño Abel llegó a tocarlo, y era como palpar la cáscara de una fruta madura, irremediablemente pasada de tiempo.

Cuatro

Los sábados por la mañana Abel consultaba la lista de las vendedoras a las que le tocaba visitar, examinando presuntuosamente nombres y direcciones, trazando marcas al pie de cada línea, enamorado de su oficio de adulto. Después de aborrecerlo en un principio, ahora le entusiasmaba su papel; podía exigir y a la vez perdonar, mostrar intransigencia o ser condescendiente con las debilidades y mentiras de las mujeres que chapoteaban en un charco de deudas. Había llegado a conocerlas estrechamente a todas, a ellas y a sus familias, de la misma manera que conocía a sus compañeros de aula, entablando una brusca confianza, pues sin él mismo saber cómo o por qué tenía el don de acortar las distancias con la gente, como un nativo de una zona intrincada conoce los atajos para esquivar peligros, ganar tiempo y llegar sin esfuerzos al lugar de destino.

En la lista sólo había un nombre que lo disgustaba: Aida Valdés. De haber podido, Abel hubiera pagado de su bolsillo los vales de esa mujer, en cuya casa se sentía infeliz y chambón. Aida, flaca y escandalosa, su marido Manuel y sus dos hijos, insultaban al joven cobrador, se burlaban de su nariz, de sus cejas tupidas, de su modo servil de pedir el dinero. Le habían puesto nombretes: «el criado», «el manganzón», «la ladilla». Por primera vez Abel se sentía odiado.

—¡Aquí está el manganzón! —decía al abrir la puerta el hijo mayor, que tenía la misma edad de Abel. Enjuto, con unos relucientes ojos negros, se tapaba la risa con la mano, marcando pasos de un baile febril.

—¡La ladilla! —decía el menor, intentando ponerle una zancadilla al visitante.

Abel, con la cara contraída y roja, murmuraba entre dientes: «¿Qué tal?», y aparentando indiferencia entraba en la casa maltrecha. Se sentaba en la punta de un sillón desfondado y como un inspector venido a menos revisaba el montón de pagarés, mientras los dos muchachos se ponían a brincan alrededor del mueble, tarareando cancioncitas obscenas. A cada rato gritaban:

—¡Mami, aquí está el manganzón!

—¡Mami, aquí está la ladilla!

Al fin Aida Valdés aparecía en la sala, con el pelo recogido en moñitos, secándose las manos con un trapo, sonando las chancletas, abrochándose los botones de la bata de casa, diciendo con voz exasperada:

—No hay dinero. Manuel no ha cobrado. Y a mí la gente que me debe no me va a pagar nunca, porque son más muertos de hambre que yo. Dile a esa viuda hija de puta que me deje tranquila.

Abel pasaba la vista por la sala mientras su boca se abría lentamente, en lo que parecía iba a ser un bostezo. Pero el bostezo no se concretaba, y mirando fijamente a los ojos a la mujer colérica, decía subrayando cada palabra:

—Ella necesita que usted la ayude.

Aida se remeneaba, como atacada por un avispero. Parecía a punto de embestir a algo, o a alguien. El trapo de cocina iba a parar encima del sofá. Los tirantes de la bata rodaban hasta mitad del brazo, dejando al descubierto parte del ajustador desteñido. Volvía a subirlos con un gesto feroz, gritando:

—¿Qué la ayude yo? ¿Yo? ¿Yo? ¿A esa vieja tacaña? ¿Yo,

que no tengo donde caerme muerta? —De pronto el rostro se le iluminaba, y añadía— Pero ya se le está acabando su cuarto de hora. Ella y su tiendecita y toda su caterva de pesos están al estirar la pata, ¿me oíste? Y va a saber lo que es pasar trabajo, ¿me oíste?

A veces el marido se sumaba a la arenga, pero con un estilo diferente. Flaco al igual que su esposa y sus hijos, con un espeso bigote y casi calvo, Manuel descorría la cortina con un gesto teatral. Líder obrero, orador de reuniones sindicales, había simpatizado con los comunistas desde su juventud. Abel le hallaba cierto parecido al apóstol Martí.

—Así que aquí tenemos otra vez al criado —decía Manuel—. ¿Cuánto te paga esa sanguijuela para que vengas a molestarnos?

—Yo no molesto a nadie. Si uno debe dinero tiene que pagarlo. Si ustedes hubieran pagado lo que deben yo no estaría aquí.

—Hmmm, hmmm. Un abogado, un abogadito. Muy bien enseñado por esa serpiente.

—¡Un manganzón!

—¡Una ladilla!

El hijo más pequeño se atrevía a pellizcarle la mano al visitante, mientras sacaba la lengua a todo lo que daba.

—Nadie me enseña nada. La señora Alicia necesita el dinero.

—¡La señora! ¡La señora! —chillaba Aida Valdés—. Esa puta que ahora se está acostando con el interventor, que puede ser su hijo. Porque todo se sabe. Pero si lo que espera es que no le quiten la tienda, se va a coger el culo con la puerta. Porque no le va a quedar nada, ¡nada! Y ese hombre, para que tú lo sepas, es un hombre casado. Y no va a dejar a su mujer por esa vieja de mierda, por ese adefesio.

Abel, pálido, se ponía de pie. Tenía miedo de que aquella

gente oyera los latidos de su corazón.

—No me has contestado la pregunta —decía Manuel, limpiándose el bigote de algún rastro de jugo o de cerveza—. ¿Cuánto te paga? ¿No te das cuenta de que tú también eres una víctima de esa explotadora? Tú eres pobre, igual que nosotros. Yo conozco a tus abuelos, que son gente decente, de trabajo. Conocí a tu madre, que era una lavandera.

—¡No me hable de mi madre! —gritaba Abel, olvidando el papel aprendido— ¡No meta a mi madre en esto!

—¡El manganzón se puso bravo, coño! —decía el hijo mayor, con alegría, y empujando a Abel le preguntaba— ¿Tú quieres fajarte conmigo? Tú eres más grande que yo, pero no te tengo miedo.

—¡Aquí nadie se va a fajar con nadie!— vociferaba Manuel, mientras los separaba. Luego le ponía una mano en el hombro a Abel y le decía en voz baja—. Tú no tienes por qué ponerte de parte de esa explotadora. Tú eres pobre como nosotros, ¿me entiendes? La revolución se hizo para gente como tú. Ella es tu enemiga, la enemiga de los pobres, ¿me entiendes? Me han dicho que es medio pariente tuya, pero eso no le da derecho a explotarte. Al contrario, si te quisiera no te pondría a hacer esto, a estar jodiendo a la gente que es igual que tú, que es pobre como tú. ¿Tú de qué parte estás? ¿Estás de parte de ella? ¿De parte de los enemigos? Contéstame.

Pese a su respiración agitada, Abel recobraba el tono neutral.

—Ella no me paga nada, ni yo estoy de parte de nadie. Uno tiene que pagar lo que debe, y ella necesita el dinero. Me ha pedido que le haga este favor, y yo se lo estoy haciendo. Ella no es la enemiga de nadie, ni yo soy el enemigo de nadie; ella solamente quiere cobrar su dinero. Si ustedes no lo tienen, vengo otro día.

—Tú naciste para criado —decía Aida, volviendo la

espalda. Luego se viraba y repetía con desprecio—. ¡Para criado!

—Sí, parece que sí —decía Manuel—. Por suerte para ti dentro de poco no te vas a tener que arrastrar más. Pronto los criados van a ser una cosa del pasado. Para eso hicimos esta revolución. Oye bien mi consejo: no te pongas de parte de los ricos. Los ricos son nuestros enemigos.

—¡Los ricos son unos hijos de puta! —decía el hijo mayor, acercando su cara a la de Abel.

—Bien dicho —decía Manuel, sonriendo con orgullo.

—¡Ladilla, ladilla, ladilla! —el menor brincaba encima de un sillón.

Con las piernas flojas Abel salía a la calle, dejando atrás los gritos de los dos jovencitos. Cuando ya estaba llegando a la esquina, oía que Manuel lo llamaba.

—¡Muchacho, ven acá!

La casa parecía enormemente lejos. Los baches y las zanjas, desbordados por la reciente lluvia, dificultaban el camino de vuelta. Al fin Abel sorteaba los obstáculos, con la cabeza erguida y un remedo de sonrisa, que él creía desafiante pero que en realidad sólo llegaba a ser una especie de mueca. Manuel, con aire de ricachón, de esos que él mismo decía que tanto odiaba, sostenía en una mano un estrujado peso. Un solo peso. Sudado y sucio. Los vales que debía su mujer sumaban casi cien. Sin embargo, el orador sindical se lo entregaba a Abel con un gesto sangrón, condescendiente, como una gran limosna.

—Lo hago por ti, no por ella. Para que esa víbora no te maltrate. Y dile que esto es todo por ahora. Dile que nosotros pagamos las cuentas, aunque sea una injusticia. De cualquier forma, a ella le queda poco. Y ella lo sabe. Tiene que saberlo.

Aida se asomaba por los balaustres de la ventana con mirada triunfal.

—¡Se lo dices, que ya le queda poco!

—¡Ladilla!

—¡Manganzón!

Abel se alejaba de prisa, procurando que su paso tuviera dignidad. A este barrio le decían La Chinche, recordaba al caminar por las calles hendidas, en cuyas grietas se asentaba un agua corrompida y espesa. Un enjambre de bichos revoloteaba encima de los charcos, salía y entraba de las casas endebles, semejantes a las del reparto donde él había nacido. En los solares yermos los niños empinaban papalotes, con los pies embarrados de fango. Algunos tenían su misma edad, pero no sabían lo que él sabía, ni eran como él un posible enemigo. Se arremangó los bajos del pantalón para bordear una zanja inundada. ¿Sería verdad que él era un enemigo? A él le gustaba hacer el bien; en el fondo, a pesar del celo con que desempeñaba su papel de cobrador, les tenía lástima a las vendedoras, y a la vez a la viuda; nadie mejor que él había podido comprobar que el dinero no la hacía feliz. ¡Y Sebastián, casado! ¿Acaso debía advertírselo a ella, que probablemente no lo sospechaba? Pero en boca cerrada no entran moscas, decía su abuelo. En ese instante llegó a la carretera.

Mientras esperaba la guagua revisó de nuevo los vales. La mañana brillante comenzaba a volverse mediodía; le quedaban dos horas para una última visita antes de ir a comer con sus abuelos, como hacía casi todos los sábados.

Podía ir a casa de la vieja Mercedes y su hijo Arturo. Abel se sentía fascinado y a la vez aterrado en presencia del joven jaranero, sin saber si reírse o ponerse serio ante sus chistes, sus movimientos y sus ademanes, sus frases de doble sentido, sus visajes que recordaban a veces a un payaso, o a un cómico de televisión, y sobre todo ante su costumbre de tocarlo, al descuido, en el hombro o el brazo, sin énfasis, con la punta de los dedos, una leve caricia, casi accidental, que provocaba en Abel un estremecimiento. La madre se hacía la de la vista gorda, ponía un disco de vals en la victrola, o sacudía los muebles con un plumero azul. Abel apenas mencionaba la deuda: Arturo siempre le daba algún dinero, cinco o diez pesos, por lo que el balance de Mercedes, para asombro de la viuda Alicia, pronto llegaría a cero.

Podía ir a casa de Marta, la solterona beata, siempre vestida con blusas de cuello alto y mangas que casi le tapaban las muñecas, y que entre rezos y frases devotas esquivaba pagar los veinte pesos que debía desde hacía nueve meses.

O a casa de Luisa, la portuguesa con un hijo asesino que cumplía en la prisión cadena perpetua. O a la de Matilde, una cantante que con los años había perdido la voz, la moral y el dinero, y que ahora vendía flores, o tiraba las cartas, o bordaba manteles, o masturbaba a un hombre por un par de pesetas.

Su casa favorita era la de Sofía, la única vendedora a la que Abel le había tomado verdadero afecto. Le gustaba jugar con David, a quien Abel no consideraba anormal, sino un niño pequeño con cuerpo inexplicablemente grande, y simpatizaba con el borracho infeliz de Roberto, víctima de una tara también incomprensible: un chiflado buenazo, inofensivo. Pero Sofía vivía en el otro lado de la ciudad, en las quimbambas, y Abel quería estar a las tres en casa de sus abuelos. Al final se decidió por Arturo y Mercedes, donde podía contar con un pago seguro.

Para llegar a la casa de la madre y el hijo que él había visto una vez bailando a solas, Arturo disfrazado de mujer, enlazando a la vieja y guiándola de un lado para otro con la avasalladora brusquedad de un tango, Abel escogía el camino más largo: se bajaba de la guagua en el parque frente al convento de las Salesianas y en vez de seguir recto hacia la calle de los Pobres daba un rodeo por otro callejón, donde se destacaba una antigua casona, de puertas y ventanas pintadas de rojo. El vivo color contradecía la vejez evidente de la arquitectura, volvía incongruentes la madera labrada, el ceño protector de los aleros, la elegancia solemne del techo sostenido por altos puntales, la balaustrada de sólida caoba, el vitral encima del portón. Abel caminaba despacio por la acera de enfrente, sin apartar los ojos de los postigos abiertos a medias.

Hacía ya cinco meses desde la mañana en que con mano insegura agarró la aldaba en forma de argolla, también pintada de rojo, y con vacilación golpeó dos veces la sorda madera. Leonor abrió la puerta. Abel la conocía, la había visto en la tienda discutiendo con la viuda Alicia. Tenía unos treinta años. Ahora, descalza, con el pelo suelto, sin maquillaje, parecía más joven. Andaba con una bata casi transparente, prácticamente en cueros. Abel apartó la mirada de los pezones que sobresalían debajo de la tela.

—Vengo de parte de Alicia Fuentes, le traigo estos vales que usted debe. Ella necesita que usted le pague, se lo pide de favor.

Leonor se echó a reír. La risa le asentaba a esa cara trigueña.

—¡Ay, qué cobrador tan lindo! Ven, pasa, acompáñame a la cocina, estoy haciendo el almuerzo.

Leonor cerró la puerta y Abel entró en la sala casi oscura, donde los muebles macizos resultaban presencias opresoras. Ahora, meses después, al pasar bajo el sol del mediodía por la acera de enfrente, el muchacho recordaba el olor de la piel de la mujer, a colonia, a jabón, y cómo la había seguido esquivando tarecos a través de los cuartos en los que las cortinas tapaban las ventanas, y las camas evocaban un acto más urgente que el sueño o el descanso. Su olfalto lo guiaba en la penumbra. Sus manos se empapaban de sudor.

—Es grandísima, esta casa —murmuró Abel.

—Ellos se fueron para el Norte —dijo Leonor—. Y ahora es mía.

Abel sabía quiénes eran ellos, y dónde estaba el Norte. Alicia le había dicho:

—Hasta el otro día fue la criada del abogado Ramón Cisneros. Por él le di la oportunidad a ella de vender los vales, porque él y su esposa eran gente seria, decente, gente de mi confianza. Una de las mejores familias de Camagüey. Me dijeron que Leonor era una buena mujer, que era trabajadora, que vivía incluso en la casa con ellos. Pero él desde el principio se viró contra esto, decía que esto se iba a volver comunismo, tuvo muchos problemas, cayó preso, y al final se fue para Nueva York con la familia completa. Y ella se puso tan dichosa que se quedó con la casa, y desde entonces no me ha vuelto a pagar ni un centavo. Imagínate, una criada que de un día para otro se vuelve dueña y señora. Se cree que tiene a Dios cogido por los pelos. Y ahora me han dicho que es querida de un hombre que es teniente, o capitán. Y han pintorreteado la casa de rojo; si Ramón Cisneros la ve le da un infarto. Pero tú le vas a hablar duro, le vas a decir que me tiene que pagar. Que si no tiene dinero venda algo de todo lo que esa gente le dejó, o mejor dicho de todo lo que ella se cogió, porque se lo cogió, porque es una ladrona. ¡Eso es lo que es, una ladrona! ¡Pero a mí sí que no me va a robar!

El rostro de Alicia se había desfigurado; una vena en la sien se marcaba pulsante bajo la frágil piel.

Sin embargo, mientras seguía de cerca aquel intenso aroma por la sombra de las habitaciones, Abel no concebía que esa mujer cuyas nalgas y espaldas se dibujaban bajo la clara tela podía robarle a nadie. Además, no importaba. El caminaba con la mente nublada por el perfume y la blanda cadencia del cuerpo que iba delante de él, apartando cortinas. Llegaron por fin a la inmensa cocina, donde el sol entraba por puertas y ventanas. Los cristales de la fiambrera reflejaban la luz como un espejo, y el olor a sofrito casi desvanecía la fragancia del agua de violetas. Los trozos de carbón al rojo vivo chisporroteaban dentro de las hornillas.

—Así que ella te mandó a pedirme dinero —dijo Leonor, midiendo en cucharadas el polvo de café, luego de haber apartado del fuego el sartén donde crujían tomates, cebollas y ajos. Andaba de un lado para otro removiendo la salsa, manipulando paños, latas y cacerolas. Los senos brincaban con cada movimiento.

—Ella está desesperada —dijo Abel, apoyando las manos en el fregadero, mojando con la lengua sus labios resecos—. Le están haciendo la vida imposible. Le han subido el alquiler, los impuestos, le han—

—¿Quiénes le están haciendo la vida imposible?

El rostro de Leonor había perdido de pronto la viveza. Sus ojos se empequeñecieron. Abel tartamudeó:

—No... no sé... parece que ellos... ella dice —tragó saliva—. Ella dice que... que no tiene dinero, que está necesitada.

La mujer volvió a sonreír mientras llenaba con el polvo negruzco el colador de tela, que iba adquiriendo la forma de una teta. Luego se acercó a Abel.

—Pobrecito, si hasta se pone gago —dijo Leonor y le tocó la cara. Tenía tibia la palma de la mano.

El agua hervía en un jarro, estallaba en burbujas. El fogaje de las brasas y el humo enrojecían la cara del muchacho, que sentía un escozor en la nariz.

—Tengo sed.

—¿Qué edad tú tienes?

—Ya cumplí los catorce —mintió.

—Seguro que tienes novia. ¿Más de una?

—Claro —volvió a mentir. Le parecía que el cutis se le estiraba como el cuero de un tambor cuando le dan candela.

—¿Y qué le haces a tu novia, o a tus novias?

Leonor, después de darle un vaso de limonada, espolvoreaba comino sobre el mejunje rojizo en la sartén, del que salía un olor penetrante. Abel vació en un segundo el vaso, y secándose la boca con la mano dijo:

—Muchas cosas.

La mujer apartó el jarro de la hornilla y comenzó a echar el agua hirviente en el colador. El líquido retinto salía en gotas por la punta del abultado pezón. Leonor pareció olvidarse de Abel unos minutos, mientras le daba los últimos retoques al sofrito y colaba el café. Al acabar se paró frente a él y le preguntó, conteniendo la risa:

—¿Qué cosas?

Sus dedos rozaban los de Abel al alcanzarle la taza.

—Cosas —dijo Abel. Su mano temblaba de tal forma que parte del café se derramó en el piso.

—¿Le haces cosas con esta palomita?

Leonor le restregó los senos en la cara y metiéndole la mano dentro del pantalón registró hasta agarrarle el pene engurruñado, que de repente comenzó a crecer.

—Vamos, para que me enseñes.

El olor a colonia se mezclaba al de comino, al de ajo. La mujer lo llevaba del brazo hacia el cuarto junto a la cocina. Por las espesas cortinas apenas se colaban rendijas de luz, que dejaban entrever la sábana azulosa con tachones rojizos y el invitante bulto de la almohada. Lo sentó en una orilla de la cama, como si fuera un muñeco o un gato, mientras lo toqueteaba y lo mordía. De un tirón se quitó la bata, lo abrazó, lo tumbó largo a largo, y con su lengua abrió la boca cerrada de Abel. El nunca había sentido otra lengua en su boca, serpenteando, empapando de saliva sus dientes, sus encías, asfixiándolo, llenando su interior hasta casi rozarle la garganta. Luego Leonor le lamió las mejillas, las cejas, las orejas. Después lo desnudó.

—Vamos, hazme esas cosas que le haces a tu novia —le susurraba, mientras le apretaba con fuerza el pene endurecido, hasta que Abel gimió de gusto y de dolor. El pelo suelto de ella se le metía en la nariz y los ojos. Se acostó encima de él, hundiendo la cabeza de Abel entre sus senos, por los que había empezado a correr un sudor que sabía a sal y olía a perfume aguado, que enchumbaba la sábana y la funda.

—Muérdeme las tetas —decía ella. Y él obedecía.

«Bésame el cuello». Y él lo hacía. «Tócame allá abajo». Y él tanteaba entre los gruesos muslos hasta palpar la abertura carnosa, «así, ay, así».

—¿Tú nunca la has metido?

Abel, nadando en aquel mar de carne que amenazaba con ahogarlo, se olvidó de mentir.

—No.

De repente penetró en la mujer, que gimoteando, moviéndose hacia abajo, hacia arriba, hacia adelante y hacia los costados se tragaba la verga rígida del muchacho, que sentía concentrarse por primera vez su cuerpo, sus pensamientos, su vida completa en el músculo que se fundía con aquella cavidad voraz. Un insólito espasmo comenzó a recorrerlo de pies a cabeza, que culminó en el líquido candente que parecía salir de sus entrañas.

En ese instante tocaron a la puerta. Leonor se zafó de él y en un salto se puso la bata y se arregló el pelo, mientras le ordenaba con murmullos enérgicos:

—Vamos, vístete, coño. Rápido, coño, rápido. Ve para la cocina y espérame allí.

Encima de la bata se puso un vestido. La voz, los ojos ya no eran los mismos; Abel entendió lo que Alicia quería decir cuando la describió como *dueña y señora*. Y él era un cobrador, un mandadero, un intruso que accidentalmente había llegado a acostarse en la cama, apoderándose de privilegios que no podían ser suyos.

Abrochándose los pantalones llegó a la cocina, sintiendo

una humedad pegajosa dentro del calzoncillos, un almidón que corría por sus muslos. La voz de un hombre resonaba en la sala y luego se acercaba por los cuartos mezclándose a la risa de Leonor. Las brasas de carbón se habían disuelto en trozos de ceniza. Abel se estiró la camisa arrugada, mirándose en los vidrios de la enorme fiambrera. «Soy un faino», se dijo. Leonor y el hombre aparecieron agarrados del brazo.

—Este es el muchachito que te dije, viene de parte de Alicia la viuda, la de La Ilusión.

El hombre, con bruñido uniforme verde olivo, realzado por la pistola al cinto, lo examinó como si fuera miope, o estuviera contemplando un insecto.

—¿Qué tú quieres?

—La dueña de la tienda —dijo Abel, procurando no gaguear—, la dueña de la tienda me mandó para que le cobrara a la señora Ramos unos vales que tienen un poco de atraso.

La señora Ramos. Se quedó lelo al usar la expresión. Leonor Ramos. Se había acordado mágicamente del apellido. Y lo de señora le había salido espontáneamente, con sólo ver el rostro de la mujer que en cuestión de un minuto se había vuelto otra. O tal vez la otra era la otra, y ésta la verdadera.

Agregó de inmediato:

—La dueña de la tienda dice que necesita el dinero, que es urgente. Dice que es una cuestión de vida o muerte.

—¿Veinte pesos, una cuestión de vida o muerte para esa millonaria? —dijo Leonor, apretando la boca—. Esa vieja te ha comido el coco, mijito.

Abel insistió:

—No es millonaria. Está pasando por una mala racha.

El militar hizo un gesto ambiguo, como si fuera a sacar la pistola. Abel retrocedió y Leonor pestañeó un par de veces. Pero en lugar del arma enseñó un billete. Abel observó incrédulo el número veinte a ambos lados del rostro del patriota.

—Toma, para que dejes tranquila a mi novia. No quiero verte más por todo esto. Arriba, andando.

Ella no dijo ni siquiera adiós; se quedó quieta al lado de su hombre. Ni una mirada, ni un gesto, ni nada. El se fue con el rabo entre las piernas, con la cabeza baja y la mente en blanco. Cruzó por las habitaciones en penumbra, abrió la puerta y la cerró sin ruido. Al salir a la calle respiró profundo y se palpó la tela todavía mojada que se pegaba tercamente a la piel.

Ahora, cinco meses después, Abel cruzaba por la acera de enfrente mirando de reojo la puerta y las ventanas pintadas de rojo, que contrastaban ferozmente con la fachada de un azul desvaído. La criada que se volvió señora, la mujer de bata transparente que olía a colonia y a jabón, y que en medio de un mar de carne y de sudor lo desvirgó, no aparecía por ninguna parte. Ni ahora ni las muchas veces, por lo menos diez, que él había cruzado frente a la casa a distintas horas, muerto de miedo, o de deseo o de curiosidad. Ni él mismo sabía ahora por qué atravesaba esa calle envuelta en silencio y sopor, en una de las partes más viejas de la ciudad, donde otros siglos, otras formas de vida se perpetuaban en los adoquines, en los aleros, en los canalones, en los arcos, en las balaustradas.

—Eres un mago —le había dicho la viuda esa mañana, cuando él llegó con los veinte pesos, después de su primera gestión de cobrador—. ¡Un mago, un mago!

Pero el muchacho no encontraba magia en el billete del desconocido. En su piel conservaba el olor de la mujer; la baba en sus muslos se había puesto dura, y tuvo que frotarse con agua en el lavabo para quitarse esa especie de costra, que recordaba la cera de las velas. El perfume también se esfumó. Luego empezó a pasar frente a la puerta roja. A veces pensaba que nada había ocurrido, que él nunca había tocado esa puerta cerrada, ni mucho menos había entrado en la sala, ni en los cuartos donde la luz del día penetraba con dificultad. Seguía de largo sin mirar hacia atrás, cruzaba rápido una plazoleta y al pasar frente a un puesto de frutas compraba un mango jade, que luego iba pelando con los dientes. Eso hizo ahora. Al llegar frente a la casa de Mercedes y Arturo sacó un pañuelo y se limpió la boca embarrada de hilachas y pulpa. Con disimulo se peinó con los dedos. Había aprendido que tenía que gustar.

—¡El hombrecito de La Ilusión! —gritó Arturo al verlo— ¡Ay, qué ilusión me da verlo!

¿Se había puesto colorete en la cara? Abel escudriñaba el cutis del joven, cuya habitual palidez se había cubierto de un tinte rosado. Luego dijo, con el tono de hombre de negocios que ya dominaba:

—Falta poco para que paguen todo. Alicia está muy contenta con ustedes, muy agradecida.

—¡Alicia, Alicia! ¡Siempre Alicia! Alicia en el país de las maravillas, a punto de encontrarse con el conejo, con el gato, con la tortuga de mentiritas. Lo que no sabe Alicia es que la reina de corazones tiene barba, y que no va a dejar títere con cabeza. ¡Cuidadito con la reina!

—Arturito, no hables así delante del muchacho. Te he dicho mil veces que te aguantes la lengua.

Mercedes, sentada en un balance, tejía una estola o un chaleco de estambre con unas imponentes agujas de madera, que más bien parecían cuchillos de palo.

—Mamá, yo sólo le estoy hablando a Abel de un cuento, de un libro famoso qué él posiblemente no ha leído, y que le voy a prestar.

—Sí lo he leído. Me gusta. Me gusta eso de que Alicia se ponga chiquita o grande cuando se come el hongo.

—¿Tú ves, mamá? Abel es un muchacho leído y escribido.

Pero a tu Alicia, mi niño, no le va a hacer falta comerse ningún hongo para ponerse cada vez más chiquita. Ya verás, como se pone enana hasta que ¡paf! —y dibujó un arco con el brazo— desaparece. Ven, pasa para acá, ya vacié el agua de los tinajones, que estaba medio podrida. Los mosquitos nos iban a matar. Ahora estoy des—can—san—do.

En el patio interior de la decrépita casa colonial, los tinajones imponían su redondez de barro junto a canteros de jazmines y rosas. En el ancho pasillo que circundaba el patio relucía una pecera entre jaulas de pájaros. Un gato flaco de rayas amarillas observaba con avidez los canarios metidos en las jaulas y los peces de colores que circulaban con indiferencia en el agua verdosa, tras los gruesos cristales.

—Mi pobre gato, mi pobre Minino —dijo Arturo, acariciando la cabeza del animal—. El infeliz vive en un estado de eterna tentación. Como yo. Siempre queriendo lo que no está a su alcance. Nunca vas a comerte un pajarito, Minino, ni un pececito. Nunca, nunca, Minino.

—Lo que pasa es que tiene hambre —dijo Abel.

—No tiene hambre. Yo le doy comida. Pero a él le gusta lo que no puede tener. Como a mí.

Arturo se acostó en una hamaca colgada de horcones que ayudaban a sostener el techo bajísimo del corredor, tan bajo que Abel podía tocarlo alzando el brazo; al igual que en un cuerpo, el paso de los años había engarrotado la casa, la había ladeado y encorvado, calcificando sus paredes, sus huesos, desparramando el reuma en grietas y rincones.

—¿No trabajaste hoy en la peluquería? —preguntó Abel, mientras miraba hipnotizado los peces que recorrían una y otra vez su celda de agua y vidrio.

—Ya no soy peluquero. Ya no tengo que hacer moños, ni bucles, ni trenzas, ni cold wave, ni permanentes. Ya me quité de encima los pelos de esas pelandrujas. Soy libre, libre. ¿Te gustaría tener una pecera, Abel? ¿Esta misma pecera?

El muchacho miró con sorpresa al joven que se mecía en la hamaca, impulsándose con las largas piernas. La soga y los horcones crujían con cada movimiento. Arturo lo observaba con ojos entornados.

—Claro que me gustaría —dijo Abel, tocando las paredes de cristal—. Pero no sé si Alicia me dejaría tenerla. A lo mejor podría llevarla para casa de mis abuelos...

—Ven, acércate, te voy a decir un secreto. No quiero que mi madre me oiga.

No cabía duda, Arturo se había untado colorete. Ese tono rosado en las mejillas no era producto del sol, ni del rubor, ni de un inesperado salpullido. La proximidad de ese rostro falseado ponía nervioso a Abel: lo perturbaba y a la vez lo atraía. Tocarlo sería como pasarle el dedo a un pez de color.

—¿Qué? —preguntó en voz baja. Se sentía cómplice de un delito.

Arturo le susurró, con un aliento a menta:

—Mi madre y yo nos vamos de Cuba, muy pronto. Posiblemente dentro de dos semanas. Fíjate que me tienes que guardar el secreto, mi madre no quiere que nadie lo sepa. Mi padre ya está en Estados Unidos, él se fue hace dos años.

Abel se quedó pensativo, observando los cachetes rojizos. Luego dijo:

—Yo pensé que tu padre estaba muerto.

—Ojalá —dijo Arturo, riéndose bajito—. Yo lo detesto, él también me detesta. Si fuera por mí yo me quedaría aquí, con tal de no verlo más nunca, pero tengo que acompañar a mi madre, que se muere si no me voy con ella, ¿tú me entiendes? Por eso tengo que irme, por eso quiero dejarte la pecera.

—¿Qué ustedes están cuchicheando allá atrás?

Mercedes se había asomado a la puerta que daba al patio, con el par de agujas de madera en la mano, como instrumentos de agresión o defensa.

—Le estaba diciendo a Abel que ya no quiero la pecera, me da mucho trabajo limpiarla, bastante tengo con los tinajones. A lo mejor también le regalo los pájaros, y el gato, para que Minino siga sufriendo, como yo.

—Tú estás loco, Arturito, tú estás loco. Te he dicho que dejes a este muchacho tranquilo. Y te prohíbo que hoy le des dinero. Ya no estás trabajando, y hay que ahorrar. Y además ya le hemos dado bastante a esa bruja de Alicia. Yo nunca debí ponerme a vender vales, nunca debí rebajarme a eso. Solamente la necesidad, la puñetera necesidad.

Arturo se levantó de la hamaca bruscamente y con las manos en las caderas comenzó a caminar por el patio.

—Ni yo tampoco debí haber dejado la escuela para meterme a peluquero. La culpa es de papá. Si él no se hubiera ido—

—¡Arturito! ¡Arturito! ¡Ni una palabra más!

El joven hizo varios visajes y volviéndose hacia Abel le guiñó el ojo.

—Sí, mamá. Está bien, mamá. Yo no voy a decir más nada, mamá. Ni le voy a dar dinero a este muchachito, mamá. Abel, no hay nada para ti. Dile a Alicia que se cuide de la reina con barba. Y ahora vete, antes que mi madre diga otra impertinencia —y con disimulo se le acercó y le dio cinco pesos, que Abel se echó rápidamente en el bolsillo del pantalón.

Ya ni siquiera entregaba los vales que Arturo pagaba. Los dos habían llegado a una confianza que Abel no comprendía ni quería comprender. Se rozaron las manos; Arturo prolongó por un minuto el contacto. Sus dedos esbeltos estaban coronados por uñas cuyo brillo debía ser de barniz. Abel dijo en silencio, moviendo sólo los labios:

—Gracias.

—Ven el sábado que viene —dijo Arturo—. A esta misma hora. Y si te vas a llevar la pecera y las jaulas trae una carretilla. Te espero.

En la calle Abel se registró el bolsillo y contó los billetes. Seis pesos. Uno estrujado y cinco casi nuevos. Uno de Aida Valdés y de su esposo, que lo consideraban un traidor, y cinco de este joven extraño que al parecer lo quería, o admiraba, o vaya usted a saber. Un billete para humillar y cinco para halagar. La viuda no iba a notar esos matices, ni a adivinar esos significados. Para ella el dinero era sólo dinero. Abel, por el contrario, había aprendido que el dinero no era nunca simplemente dinero, era siempre algo más. Suyo tampoco era; eso lo sabía. Al recibirlo y echarlo en la cartera, la viuda le diría «mago» como tantas veces, le sonreiría, le pasaría una mano (una mano que cada vez se hacía más distraída; Alicia tenía ahora otras preocupaciones que desplazaban los cobros de los vales) por el pelo o la frente. Abel tal vez bajaría la cabeza, como un perro, y el dinero seguiría su curso hacia otras aventuras, significando cosas que tenían poco que ver con su valor.

Dormitó un poco durante el viaje en guagua. Sus abuelos lo esperaban en la casa de madera y guano, meciéndose en los viejos balances, como actores de un drama que hace tiempo acabó, y que se revive por tedio o inercia, pero que ya no causa la menor emoción. Abel estaba en el centro del drama: era el hijo de la mujer muerta.

El escenario siempre había sido el mismo. En esta casa pobre pero decente, como solía describirla la abuela, de tablas de algarrobo y piso de cemento, en el confín de un barrio marginal, al lado de un arroyo en cuya orilla comenzaban potreros cuya lisura sólo avivaban los verdes mangales, o las filas de palmas; en esta casa había nacido Abel y había muerto su madre. Y estos eran apenas dos actos en una vasta representación que ya duraba más de treinta años, desde que estos dos viejos, en aquel tiempo jóvenes, habían dejado la finca donde el diablo dio las tres voces, y habían levantado estas mismas paredes, confiados en que en la ciudad podían abrirse paso para ellos y para su única hija, que en aquel tiempo era una adolescente. En esa trama larga y enrevesada el padre de Abel fue un actor secundario, que hizo su aparición en una escena y en la siguiente no se le volvió a ver. Su nombre y su figura se volvieron historia: una historia vedada, que nadie mencionaba ni por casualidad.

Ahora, al abrir la puerta que daba al jardín, y cruzar remolón entre la hilera de lirios y vicarias que su abuela defendía a toda costa del embate de patos y gallinas, avanzando hacia los dos ancianos que lo esperaban amodorrados en el fresco y la sombra del portal, Abel tuvo de pronto la certeza de que esta ya no era su casa.

Algo había terminado. No algo; todo había terminado al morir su madre, que era el vínculo con este pedazo de tierra cultivada, con este jardín, con esta construcción de gente pobre que se mantenía apenas más arriba de la odiosa miseria. Su madre lo había vuelto propietario de esta sala, de estos cuartos escuálidos, de esta cocina y este comedor con vista a los potreros. Pero al ella desaparecer, el sentido de propiedad de Abel, su inocente impresión de pertenencia, habían dejado de existir también. Y él no se había dado cuenta hasta este instante.

—¿Por qué te demoraste? —dijo la abuela, levantándose para abrazarlo.

—¿Te trata bien, la prima rica? —preguntó el abuelo, ladeándose el sombrero— ¿Tú sabes si por fin le van a quitar la tienda?

—¿Cómo te va en la escuela?

—¿Vas a pasar de grado?

—¿Tienes hambre?

Con sus abuelos todo se convertía en preguntas. El contestaba «sí», «no», «no sé», «bien», «mal», «regular», pero la casa seguía siendo ajena; los dos viejos, pese al amor al nieto, vivían al margen de la realidad, sumergidos en un pasado al que nadie quería tener acceso, y a su forma se preparaban para la despedida. Abel contestaba con palabras breves, devoraba la yuca con mojo, los chicharrones, los frijoles negros, mirando de reojo hacia todos los lados: ni la pecera ni las jaulas de pájaros tenían cabida aquí, en esta especie de umbral del cementerio.

Anochecía cuando regresó a casa de la viuda. La tienda ya estaba cerrada. Las letras de neón dibujaban destellos en las aceras y los adoquines; en las vidrieras los maniquíes se inclinaban solícitos, vestidos como para un paseo o una fiesta. Adentro se amontonaban los vestidos, las carteras, los zapatos lustrosos, las cosas que los pobres compraban con vales, y que luego pagaban poco a poco, con reales y pesetas, a las vendedoras. El dinero que circulaba de mano en mano era más que dinero: era en el fondo un mensaje invisible, que a veces no se podía descifrar. Esta noche él volvía con seis pesos.

No quiso tocar el timbre de la tienda; dio la vuelta y llamó por la puerta de atrás, por la cochera que daba al callejón, a esta hora solitario y oscuro; el bombillo del poste se había fundido. La ventana del cuarto de Abel también estaba oscura. Tocó otra vez. La voz de Alicia se escuchó lejana: ¡Va! ¡Va!

Esta tampoco puede ser mi casa, pensó Abel mientras esperaba que la viuda le abriera. Cuando uno tiene casa tiene llave. El dormía allí, de paso, eso era todo. Y pagaba sirviendo de cobrador, y a veces de alcahuete. ¿Eso lo convertía en un enemigo? No, esa gente resentida mentía; él no era el enemigo porque él no tenía casa. Y el que no tiene casa no es nada ni nadie. La pecera, las jaulas y el gato tenían que ir a parar a manos de otro. Cuidadosamente dobló los billetes. Cuando Alicia abrió la puerta él le dijo con aire de superioridad:

—Son seis.

Y al extender la mano con los pesos se sintió libre de cualquier atadura.

Cinco

Rompió la lámpara de la mesa de la noche. Le cayó a puñetazos a la pared del cuarto. Zafó de un tirón el cordón de la radio y lanzó el aparato contra una butaca. Barrió de un manotazo los vasos y los platos amontonados sobre el fregadero. Se arrastró por el piso como una culebra. Sofía lo dejó hacer, colérica y perpleja; nunca pensó que le fuera a tocar vivir algo así. Era una bestia, un criminal, un loco; cualquier cosa menos un ser humano. Así le dijo:

—¡No eres un ser humano!

Y agarrando a David por una mano salió a la calle, a esa hora de la noche: eran más de las diez. ¿Adónde ir? Siempre quedaba la posibilidad de aparecerse en casa de su madre, de agachar la cabeza y decirle: «Me equivoqué. Tú tenías la razón». Y de oír a su abuela en la silla de ruedas, aferrada todavía a la vida, junto a la enredadera del portal, recriminarle con su voz cascada: «¡Te lo dije! ¡Te lo dije! ¡La negra que se casa con un blanco nunca es feliz!»

Pero admitir su error y su derrota ante el tribunal de su familia significaba renunciar para siempre a la esperanza de que algún día algo saldría mejor; significaba darse por vencida. Y pese al escozor y a los desasosiegos, el nudo duro de desatar que la unía a su marido resistía inmune, intacto.

¿Adónde iría? Esta noche de martes no se prestaba para visitas ni para caminatas; los pocos transeúntes eran sólo pepillos, borrachos, milicianos y mujeres que parecían buscar una aventura; una madre con su hijo de la mano desentonaba en este mundo ralo, sospechoso, vagamente turbio. Se encaminó hacia el centro de la ciudad, donde al menos sobrevivía la luz de los comercios.

Pero ella tampoco era una madre común, pensó mientras cruzaba bajo el toldo vistoso de un cabaret, donde un portero de sonrisa mordaz le hizo una reverencia susurrándole: «Mima, mima, mima». Ni su hijo, pensó después, era como otros hijos. La piel de ambos no era negra ni blanca, aunque la de David era más clara; además, era evidente que había algo lento en él, como un torpor, como una opacidad; y ella era una mulata que no había querido «darse su lugar», como decían con condescendencia los blancos de Camagüey, que juraban que no eran racistas.

La madre y el padre de Sofía sí se habían dado su lugar: habían subido con abnegación los peldaños de la escala social, una mulata maestra y un negro doctor, especialista en vías respiratorias, miembros honorarios de la sociedad de la gente de color, que se reunía en su club, donde había bailes, conciertos, actos políticos y culturales, sin jamás cruzar la invisible barrera.

Ella, Sofía, era la transgresora. Se casó con un blanco que luego resultó ser un desastre. Aun más: un loco. Esta noche, borracho, había amenazado con matarla y luego suicidarse, mientras rompía las cosas por puro ensañamiento.

Ahora, mientras cruzaba la calle República, Sofía se preguntaba cómo y por qué había caído en la trampa. Habían pasado más de doce años, a veces se olvidaba del principio. El la empezó a esperar a la hora de salida del colegio. Le escribía versos en el álbum de autógrafos, cercaba las palabras con dibujos de hojas, frutas y flores: era un joven sensible, un poeta. Caminaban de la mano por un frondoso parque. Atravesaban un puente de madera. Las hojas y las flores se mezclaban con la nata que flotaba en el río, fabricando una piel, una porosa alfombra sobre el agua. Era el tiempo de seca: la lluvia se encargaría más tarde de destruir esa falsa cubierta.

La tarde del domingo iban al cine, se acariciaban en la oscuridad, mientras en la pantalla la vida se desplegaba impúdica, feroz, esplendorosa, revelando sus raros vericuetos, sin nada que ocultar ni que temer. Sin embargo, no importaba mucho lo que ocurría en el mundo de figuras gigantes; en las lunetas, insignificantes, los novios susurraban, protagonistas de una pequeña escena incógnita y feliz. Tendrían tres hijos, o quién sabe, cuatro. Roberto era viajante de una famosa compañía farmacéutica; en el futuro tendría un alto puesto; tal vez sería además un célebre poeta, aunque los versos no dieran dinero; ella se ocuparía de la casa y los hijos. La película llegaba a su final, uno podía saberlo por la música; quedaba tiempo para un beso más.

Precisamente ahora Sofía pasaba con su hijo frente al teatro Apolo, que en los últimos tiempos había caído en desgracia: sólo se exhibían allí filmes obscenos, condenados por la iglesia católica (la guía moral que repartían los curas clasificaba todas las películas, y las que ponían en el Apolo aparecían siempre en la categoría de prohibidas). Pero a su vez la iglesia había caído en desgracia: muchos curas y monjas se habían visto forzados a marchar al exilio. La guía seguramente ya no se publicaba. Sofía, que no iba al cine desde hacía varios años, porque Roberto siempre estaba borracho y David no parecía entender la diferencia entre la realidad y el cine (es decir, se acoquinaba, se encogía ante ambos), ya no se interesaba por esos folletos. Sólo le preocupaba la posibilidad de que pudieran cerrar las iglesias, que la golpearan por asistir a misa, que le quitaran ese último refugio. Si hubiera sido de día, ahora hubiera corrido a los altares; pero a esta hora de la noche las puertas de los templos estaban cerradas.

Se detuvo ante la cartelera del teatro. Esta película, «Deseo bajo los olmos», ¿sería también obscena? Las fotos mostraban un viejo con un rifle, una mujer que atravesaba un campo, un hombre joven y la misma mujer besándose en lo que parecía ser un oscuro granero, rodeados por el trigo, o el heno, o la paja. Sofía no distinguía entre esas hierbas secas que abundaban por allá por el norte. Roberto había empezado a hablar en los últimos tiempos de salir de Cuba, pero ella nunca se iría de su país. No era sólo el amor a la patria. ¿Qué iba a hacer con un hijo anormal y un marido vicioso en otras tierras? A ella le había tocado vivir la vida de ellos, sin recibir respuesta, ni estímulo, ni apoyo, sólo una dependencia ciega y muda. Ahora miró de reojo a David, que dejaba resbalar la vista por las fotos en colores tras el panel de vidrio.

—¿Te gustaría ver una película?

El niño no habló ni movió la cabeza. A cada rato se rascaba la cara. Ni siquiera se mostraba inquieto por este insólito deambular nocturno por la ciudad: en su mente no parecía existir la idea del descalabro. Tal vez ver a su padre con los ojos rojos, en un estado de absoluta inconsciencia, gritando con la boca llena de saliva, trastabillando, rompiendo radios, lámparas y platos, amenazando con asesinar, con quitarse la vida, era para él lo mismo que caminar al lado de su madre casi a la media noche por las calles vacías, o que pararse bajo la marquesina con luces de colores de este cine barato y observar fotos de gentes extrañas, atrapadas en su propia aventura. Sofía le tocó el pelo. Debía llevarlo al barbero en estos días. Ella también debía ponerse en manos de la peluquera. Comprarse un vestido. Poner un poco de orden. Se sentía a punto de echarse a llorar.

En ese instante un ruido, unos insultos, un alboroto estallaron adentro del teatro. Sofía se asomó tímidamente a la media luna de cristal en el centro de la doble puerta, pero al momento tuvo que apartarse: un joven con el rostro ensangrentado salió violentamente, empujado por un hombre iracundo, que le gritaba:

—¡Maricón! ¡No quiero verte por aquí más nunca!

Otras voces en el vestíbulo chillaban:

—¡Descarao! ¡Maricón!

El joven se pasó la mano por el pelo, por la frente, por la nariz rota, se estiró la camisa estrujada y alzando la cabeza se alejó sin apuro, ignorando los gritos. Sofía agarró de la mano a David y siguió calle abajo, en un temblor, pensando que encontraba violencia en todas partes: no tenía adónde huir.

Los timbiriches donde vendían fritas y pan con lechón eran los únicos comercios abiertos, pequeñas islas rodeadas de humaredas, de olor penetrante a manteca y carne, donde albóndigas y masas de puerco crujían en charcos burbujeantes de grasa. Gatos callejeros acechaban en los alrededores, condescendían a devorar incluso migajas de pan.

También estaban abiertos los bares, aunque Sofía se negaba a ver como comercios esos sitios oscuros, en que sólo titilaban las luces de los vociferantes traga-níckels, con sus rancheras y boleros cargados de amargura, pasiones y reproches, y en la penumbra de la larga barra hombres como Roberto acariciaban las copas y los vasos como si manosearan la piel de una mujer, mientras el humo espeso de cigarros formaba nubes sobre sus cabezas. Al pasar frente a uno de esos antros dos o tres voces roncas desde adentro le gritaron: «Mulata, qué rica tú estás», «Sabrosona», «Por ti doy la vida», «Mulatona, soy tuyo». Sin importarles que ella iba con su hijo. Que tampoco podía relacionar esas frases con su madre. Sofía apretó el paso.

Mulata, mulatona: Roberto nunca la había llamado así. Antes de darse al licor era un viajante que hablaba con palabras selectas, que leía libros, que escribía poemas. Y más tarde, cuando el vicio se desencadenó, ni siquiera borracho gritaba groserías. Sólo en la intimidad decía malas palabras, cuando gozaban bajo el mosquitero, entregados totalmente los dos a la febril tarea de volverse uno solo. Pero esta noche por primera vez había jurado que la mataría, y que luego se mataría él. Al cabo de los años, el amor y el deseo, en medio de estertores, reclamaban una renovadora transfusión de sangre.

La semana anterior ella lo había sorprendido escribiendo, algo que él había dejado de hacer desde hacía años. Cuando él dormía ella registró la libreta llena de tachaduras: recuerdos incoherentes de su infancia, una carta inconclusa a una tía que vivía en California. Y el comienzo de un poema, titulado *A Sofía*:

Yo usé tu juventud
hasta que la gasté,
hasta que la hice nada.

Ella lloró al leerlo.

Pero ahora no se trataba solamente de versos, de palabras crueles y verdaderas, pero a la larga palabras nada más, signos inofensivos sobre un papel a rayas: ahora se trataba de acción y de exterminio. Que él hubiera hecho nada su juventud no era el fin: la muerte era el próximo paso. Esta noche la había emprendido contra la pared, contra la lámpara, contra los vasos; era sólo el comienzo.

Estaban además las revistas y los periódicos que él repasaba continuamente, y que se habían publicado en los primeros meses después del triunfo de la revolución. Sofía sabía que él no hojeaba esas páginas, sentado en el balance, con un trago en la mano, para distraerse o pasar el tiempo, ahora que había perdido el empleo; sabía también que él no leía ni artículos ni editoriales: su atención se concentraba en las fotos. No en todas, en algunas. Ella las había visto de pasada, sin querer fijarse demasiado. Cadáveres. Rostros y cuerpos hinchados y rotos. Ojos abiertos de mirada hueca. Ropa empapada en líquido retinto. Hombres que daban la impresión de muñecos, apilados en una bocacalle, o en un patio, o pegados a un muro. Varios en el mismo momento de caer, bajo el impacto de ráfagas de balas. En las concisas líneas bajo las imágenes, la palabra más frecuente era la de chivato.

A medida que pasaban los días las viejas publicaciones se amontonaban en torno a Roberto levantando una cerca de cartón y papel.

—¡Las voy a quemar! —gritaba Sofía.

Pero él, sin contestar, continuaba hojeando las páginas de trazos amarillos, bebiendo a sorbos el vino o el ron. Las vecinas que cruzaban despacio frente a la ventana y miraban disimuladamente le daban luego sus calificativos al supuesto lector de cara abotagada: «pelele», «vividor». Pero se equivocaban. Era un hombre esperando una sentencia que él mismo se había impuesto, pero que sólo podía legitimarse si otros la confirmaban. Y los otros, por alguna razón, no acababan de tocar a la puerta y decir: «Es verdad». Aunque ésta era solamente una de tantas posibilidades, pensaba Sofía: quién sabía en realidad lo que pasaba por esa cabeza. Las cejas se habían vuelto más fruncidas; el pelo rubio, que una vez fue tupido, empezaba a clarear; la frente se había dividido en surcos. Estas eran las señas visibles; el interior se había vuelto un misterio.

Ahora Sofía se persignó ante el macizo portón de una iglesia, en el que habían pegado un cartel: *Los curas son esbirros*. En esa misma iglesia de Nuestra Señora de la Soledad ella se había casado. El nombre de la Virgen a la larga se volvió profecía. Allí también había bautizado a David, porque los niños que tenían la desgracia de morirse sin haber recibido el bautismo terminaban en un lugar enmarañado al que llamaban limbo. David fue bautizado y no murió, y sin embargo su vida transcurría en un sitio semejante, que no era cielo ni infierno, sino espacio vacío, cubierto de neblina.

Qué chasco de hijo, qué chasco de esposo. Los dos habían bajado por esos escalones: la primera vez, uno, del brazo de ella, recién casado, trajeado, perfumado; la segunda, el otro iba en sus brazos, en pañales, arropado en un minúsculo edredón, con la cabeza húmeda por el agua bendita. Qué chasco.

Se persignó otra vez y pidió perdón. Esta noche Satanás llevaba la voz cantante, se entrometía hasta en los pensamientos, e incluso se materializaba en injurias escritas: *Los curas son esbirros*.

Tuvo el impulso de arrancar el cartel, pero se contuvo: los milicianos aparecían cuando uno menos lo esperaba, y ella no debía provocar otra calamidad. Además, qué ganaba con quitar un cartel: Cuba entera se había vuelto un letrero. Cruzó la calle y siguió de largo.

Esta vidriera con trajes de baño, faldas de campana, blusas provocativas y carteras de vistoso charol le resultaba familiar; esos caminos alfombrados adentro de la tienda, entre las filas de vestidos, ella los había visto varias veces, ¿cuándo? Por supuesto, recordó al fin, cómo era posible que no se diera cuenta; en este estado miraba y no veía. Estaba frente a La Ilusión. Focos rojizos alumbraban los cuerpos de los maniquíes, esclavos de su rígida pose, indiferentes a la madre y al hijo que deambulaban por el ancho portal. Los precios eran bajos; este vestido azul en cinco pesos era una ganga. Letras aspavientosas anunciaban: Gran Liquidación.

—Allá adentro vive Abel —dijo Sofía, pasándole la mano por el hombro a su hijo.

—¡Abel! ¡Abel! —el niño salió de su letargo.

El interior de la tienda, abarrotado de chucherías y ropas, casi ocultaba la puerta del fondo, detrás de la imponente caja contadora, a la que habían ido a parar tantas veces los vales firmados por Sofía. Ahora la puerta se abrió y un hombre en calzoncillos, alto, trigueño, de cuerpo velludo, pareció agarrar algo que estaba encima de la registradora: un cigarro, un papel. Tenía hombros anchos y piernas musculosas. Verlo casi desnudo entre hileras de ropa, percheros y estantes, contradecía cualquier razonamiento. Sofía se preguntó cómo la viuda Alicia podía permitirlo.

—Vamos al parque —le dijo a David, que había pegado su rostro al cristal.

—Abel —murmuró David.

—Ese no es Abel. Abel está durmiendo. Mañana él va a la casa y va a jugar contigo.

Mañana. Palabra desabrida. Frente al Gran Hotel, en cuyo lobby tres extranjeros rubios hablaban en voz alta en un idioma de sonido inaudito, posiblemente ruso, Sofía recordó que mañana (es decir, dentro de media hora, precisó mirando el reloj de pared en el hotel) ella cumplía veintinueve años. «Yo usé tu juventud». Trazos gruesos sobre un papel a rayas. En la esquina una mancha de vino. Sí, por lo menos él era sincero. Y observador: el rostro de ella, ahora implacablemente reflejado en el espejo de una joyería, mostraba un cutis, unos ojos ajados. Se quedó atarantada ante esa cara, que ensombrecía los destellos de anillos, aretes y pulseras colocados con gracia en estuches de fieltro; de repente sintió el escalofrío.

El corrientazo le bajó por el cuello, por el pecho y el vientre hasta los mismos pies. Muchas veces le había ocurrido delante de un espejo, pero nunca en la calle; el espíritu, o lo que fuera, prefería perturbarla en el marco secreto de su casa. Pero esta noche era un punto y aparte. Se sentía transcurrir entre las horas como si fuera bordeando una frontera. Sin embargo, el rostro envejecido no daba indicaciones de qué rumbo coger. Continuó con el brazo encima de su hijo hacia el parque Agramonte.

Escogió para sentarse un banco cerca de la puerta de la catedral, entre una palma y un farol, frente a la estatua ecuestre del hombre más famoso de toda la ciudad, el mártir que había muerto hacía noventa años, y del que ella oyó hablar desde que era una niña, en la escuela, en la casa, en este mismo parque. Una vez, ya casi adolescente, trepó muerta de risa el pedestal y acarició los belfos de bronce del caballo, manchándose de polvo el monograma cosido a la blusa escolar. Luego bajó y le reclamó a la prima, de la misma edad de ella, que le pagara una copa de helado. Había ganado limpiamente la apuesta.

Sí, fue una niña, una joven feliz. Sabía que su piel presentaba un obstáculo, pero sus padres, o más bien su padre, (la madre era otra historia) la consentía, la hacía sentirse fuerte, protegida. ¿Era David feliz? Miró a su hijo que se había acercado a un tinajón, puesto de adorno bajo unos arbustos. Pero él jamás se metería dentro de la vasija, como ella hizo tres o cuatro veces, por hacer maldades. Era viva y bellaca; su madre se quejaba de que ni un instante se podía estar quieta. David, en cambio, parecía dominado por el azoro, por el estupor; al verlo era imposible determinar si estaba alegre o triste; al parecer en su estrecho universo no había cabida para la anchura de un estado de ánimo.

En un banco cercano, un hombre que se tapaba parte de la cara con un pañuelo le dijo con voz aguda:

—Perdone, ¿no le molesta si me siento allí, con usted?

Y sin esperar la respuesta se levantó y caminó hacia ella, con un paso ondulante. Sofía lo reconoció de inmediato: era el joven que había salido del cine, entre golpes e insultos. El pañuelo que cubría el ojo y el pómulo derechos estaba empapado de sangre; el ojo sano miraba febrilmente; la boca sonreía. Sofía dijo nerviosa:

—Puede sentarse. ¿Qué le pasó en la cara?

—Me fajé en la casa con mi padre —dijo el hombre, sin dejar de sonreír, sentándose en la punta del banco—. Es un viejo neurasténico, chocho, y se pone peor cuando le da el padrejón. Me agarró desprevenido.

Sofía no se atrevió a mirarlo de frente: tenía miedo de que él descubriera en la mirada de ella su propia mentira. En voz baja preguntó:

—¿Le duele mucho?

—Un poco. Creo que ya no estoy echando sangre, ¿no? —dijo al quitarse con pudor el pañuelo, como una mujer se quita la blusa por primera vez delante de un hombre. Tenía una cortada en la ceja, el párpado inflamado; una mancha oscura bajaba desde lo alto del pómulo hasta la mejilla. A pesar de los golpes su cara era hermosísima; Sofía nunca había visto un hombre tan lindo. Lo miró de reojo con súbita lástima. Igual que ella, él también escondía una vergüenza.

—Ya no está echando sangre —confirmó Sofía—. Pero está un poco hinchado. Debe ponerse hielo.

David se había acercado y miraba fijamente al desconocido.

—¿Es hijo suyo, no? ¡Qué ojos tan bellos! ¿Qué edad tú tienes, niño? ¿Cómo tú te llamas? ¿Te comieron la lengua los ratones? —y volviéndose a Sofía preguntó— Es muy tímido, ¿no?

Ahora era el turno de ella. Bajando los ojos contestó:

—Sí, es tímido, todo le da pena.

Pero la mirada vacía de David no expresaba timidez ni bochorno: observaba la cara magullada como había observado la abertura redonda del tinajón. Luego se sentó entre el hombre y Sofía, rascándose los muslos, absorto en una franja de hierba junto al banco.

—¿Es hijo único?

—Sí, único.

—Debería tener otro. Ser hijo único es una desgracia. Lo

digo por experiencia.

—No sé si tenga otro. Ni mi esposo ni yo queremos por ahora. A lo mejor después.

Sofía trató de imaginar el *después*, e instintivamente miró hacia arriba, hacia el campanario de la catedral; pero la masa de piedra gris con boquetes oscuros, sin ornamentos, rematada en cruz, sólo hablaba en pasado, negándose a ofrecer algún indicio de la vida futura. Encima de la mole, el cielo oscuro tampoco daba una señal concreta del porvenir desgraciado o dichoso. El *después* no existía.

—Mi padre fue el que no quiso tener más hijos, mi madre sí quería —dijo el joven—. Y mi madre, que siempre fue su esclava, no tuvo más. Así. Sin protestar, sin decir ni esta boca es mía. Nunca lo contradijo, nunca le peleó, nunca se le enfrentó, ni siquiera cuando se enteró de que tenía dos o tres querindangas. Todo lo aceptó siempre. Así que cuando él dijo, no hay más hijos, ella dijo, qué se le va a hacer. Y entonces yo, perdone la palabra, me tuve que joder y llevar la carga de ser el hijo único de ese hombre insoportable. ¿A ti no te gustaría tener una hermanita o un hermanito, niño?

Como respuesta, David se pegó al hombro de su madre y escondió la cara.

—Creo que le gustaría —dijo Sofía, después de una pausa—. Pero mi esposo ahora no tiene ni trabajo.

—¿Es un buen padre, él?

Sofía se sobresaltó.

—¿Mi marido?

—Sí, su marido, claro.

Ella nunca había tenido que contestarle a un desconocido una pregunta así, tan embarazosa como un piropo obsceno dicho a bocajarro. Pero no era posible sentirse ofendida ante este rostro hermoso y aporreado, y además sonriente.

—No es mal padre. Tampoco es un modelo. Toma mucho.

El joven suspiró y dijo en tono quejoso:

—¡Ay, los hombres!

Hubo un silencio. De repente los dos se echaron a reír. Se habían vuelto cómplices.

—Usted tiene unas cosas —dijo Sofía, tratando de dominar la risa—. No piense que me estoy burlando. ¿Su padre le pegaba cuando usted era chiquito?

—Casi todos los días. Mi padre cuando joven fue un atleta famoso. No tengo ganas de decirle su nombre, pero usted seguro que ha oído hablar de él. Mi padre fue una gloria. Pero a pesar de eso, o posiblemente por eso, yo desde que era un niño le cogí odio al deporte, a todos los deportes. Y él me empezó a coger odio a mí. Y yo a él.

—No hable así —dijo Sofía—. Uno no debe odiar a nadie, y menos a los padres. Aunque mi caso es distinto; ya usted ve, mi padre era el hombre más bueno del mundo. Se murió hace diez años y yo todavía no me acabo de acostumbrar. A veces cuando estoy en mi casa me parece que va a tocar la puerta, o que me va a llamar por la ventana. Usted me va a decir que es fácil querer cuando a uno lo han querido, y tiene razón. Pero el odio es malo. Es lo peor del mundo.

—Yo sé que el odio es malo. Este país está lleno de odio, de una punta a la otra. Por eso mismo, por ese mismo odio—

—No hablemos de política. A mí no me gusta la política.

—Ni a mí tampoco. Usted me cae muy bien, ¿sabe? Perdone la pregunta, ¿usted tiene algún problema? Es tan extraño ver a esta hora a una mujer como usted en el parque, con su hijo. ¿Usted espera a alguien?

La complicidad aún no era suficiente. Sofía acarició la cabeza de su hijo, para ocupar en algo sus manos intranquilas.

—No espero a nadie. No me podía dormir, salí con el niño

a coger fresco.

En ese instante un adolescente cabizbajo cruzó por el centro del parque. David, zafándose de los brazos de su madre, se levantó con rapidez, corrió hacia él y con inusitada decisión lo alcanzó y le interrumpió el paso. Sofía miró con sorpresa el abrazo al pie de la estatua. Luego David hizo un gesto, señalando el banco. El niño y el jovencito, agarrados de la mano, se aproximaron sorteando el tinajón y los arbustos.

—¡Sofía, Arturo! —gritó Abel— ¿Ustedes se conocen? Arturo, ¿qué te pasó en la cara?

—¡Abel!

—¿Qué te pasó?

—Nada, me pegaron.

—¿Te pegaron? ¿Quién te pegó?

Arturo calló, mirando a Abel como a una aparición. Un fantasma de encanto, como decía el verso de un poeta inglés que él una vez había memorizado.

—Fue el padre —dijo Sofía.

—Pero tú me dijiste que tu padre estaba en Estados Unidos, ¿no?

—No fue mi padre —dijo Arturo, sin mirar a la mujer a su lado.

—Yo sabía que no había sido tu padre —dijo al fin Sofía, tuteando sin darse cuenta a Arturo—. No te preocupes, todos decimos mentiras. Yo tampoco estoy aquí cogiendo fresco. Mi esposo se emborrachó esta noche, me amenazó con matarme, yo tuve miedo y salí con el niño.

—Roberto te amenazó con matarte —repitió Abel, y su rostro se contrajo—. No lo puedo creer.

—¿Y tú, qué haces tú aquí, Abel, mi cielo? ¿Qué traes en ese cartucho? —preguntó Arturo. Su rostro amoratado había cobrado vida. Sus brazos se agitaban como aspas.

Abel se sentó en el banco, entre los dos, y le hizo un sitio a David junto a Sofía.

—¿Esto? Una botella de vino. Parece que hoy es la noche de las broncas y las borracheras. La viuda se fajó con Sebastián, el administrador, pero después se arreglaron. Estaban tomando vino, se acabó, y él me mandó a comprar otra botella. ¡Yo no sabía que ustedes se conocían! ¿De dónde se conocen, de la tienda?

—Nos acabamos de conocer —dijo Sofía.

—No se preocupen, esta noche no les voy a cobrar a ninguno de los dos —dijo Abel sonriendo—. Yo soy cobrador solamente de día.

—¡Ay, hija! —gritó Arturo— ¿Tú también eres una de las víctimas de la viuda Alicia? ¿Igual que mi mamá? ¿Vendedora de vales? ¿Hostigada por este muchacho cruel, porque no le has podido pagar a tiempo a esa mujer que se chupa el dinero como los vampiros chupan sangre? Dios mío, no me puedo ni reír, me duele toda la cara.

—Entonces, ¿quién fue que te pegó? —preguntó Abel.

—Prefiero no hablar de eso. ¡Cómo me alegra verte, Abel, muchacho! Acuérdate de que tienes que ir por casa a buscar la pecera y los pájaros. Y al gato también. No podemos dejar solo al pobre Minino.

—No tengo dónde meterlos. La viuda no los quiere, mis abuelos tampoco —Abel hizo una pausa y enseguida añadió—. No es que no los quieran, es que yo, yo no tengo... Pero mira, mira, David puede tenerlos, estoy seguro que le van a encantar. ¿No, David? ¿No, Sofía? ¿Una pecera preciosa con peces de colores, y unas jaulas con sinsontes y canarios? ¿Y un gato inteligente? David se entretendría con ellos, ¿no, Sofía?

—No sé, ahora no puedo pensar en eso —dijo Sofía—. A lo mejor después.

Volvió a mirar el alto campanario.

—Arturo, ve a al hospital para que te den puntos en esas heridas —dijo Abel—. Tienes eso muy feo.

—Ya se me está pasando. Ya casi ni estoy echando sangre. ¡Qué extraño, ahora me acabo de acordar de que anoche yo soñé que veía un río muy rojo, y en el sueño pensaba que era sangre! Así y todo metía los pies en él. ¡Una premonición!

—Yo soñé que comía carne cruda —dijo Abel—. Me daba asco.

—Yo nunca me acuerdo de lo que sueño —mintió Sofía. Sus sueños, al igual que sus súbitos escalofríos, eran inconfesables.

—¿Y tú, David, no sueñas? —preguntó Abel— Me gustaría saber que tú sueñas.

Los tres observaron al niño, que sujetaba a Abel por una manga de la camisa, sin sentirse aludido.

—En vez de hablar de sueños, creo que él quiere irse a dormir —dijo Arturo—. ¿Qué será ese escándalo?

Unas voces, una algarabía retumbaban cada vez más cercanas, como si estuvieran a punto de irrumpir en el parque. En pocos minutos apareció el tumulto, con banderas, carteles, gritando consignas, vivas y abajos, pidiendo muerte para los enemigos, entonando estribillos, desgañitándose, chiflando, agitando las manos y los brazos. Hombres, mujeres, niños, copaban las aceras, marchaban apiñados, hombro con hombro, sin siquiera mirar hacia el banco donde Arturo, Sofía, Abel y David se habían quedado inmóviles como la estatua, el farol, los arbustos. Los que pasaban portaban la energía, alteraban el ritmo; mientras los que estaban sentados en el banco venían a ser lo mismo que el paisaje, sin otra alternativa que dejarse invadir.

Al frente de la multitud una mujer de nalgas y senos prominentes cantaba a toda voz el himno nacional; su uniforme viril de miliciana resaltaba su espléndida figura; iba del brazo de un militar de barba; su pelo negro suelto le llegaba a las amplias caderas. Abel clavó los ojos en su cuerpo y su cara: por primera vez veía a Leonor desde la tarde en que fue desvirgado. Arturo se colocó el pañuelo encima del rostro, dejando apenas libre el ojo sano para ver el desfile. Sofía tragó saliva. David, al parecer, miraba sin mirar.

La turba subió por la calle Cisneros y con ella se alejó la bullanga, que poco a poco se convirtió en eco, en remoto sonido; en el parque el silencio se impregnó de relente; la noche pareció profundizarse. Un camión lleno de milicianos pasó por una calle con rechinante estruendo; luego un jeep sin capota, con hombres que llevaban armas largas, dio varias vueltas alrededor del parque.

—Tengo que irme, ya es tarde. La viuda y Sebastián me están esperando, a mí y al vino. ¿Qué van a hacer ustedes?

—No sé qué hacer. Mi esposo está borracho, loco. Le tengo miedo.

—Yo no puedo llevarte para la casa, porque mi madre es muy majadera y desconfiada —dijo Arturo—. Pero no te vas a quedar en la calle con el niño. Yo tengo algún dinero, te puedo pagar un cuarto en un hotel. No en el Gran Hotel, porque es muy caro, pero sí por ejemplo en el Plaza, que es bastante decente.

—Pero es que no puedo aceptar—

—Sofía, Arturo es buena gente —dijo Abel.

—Vamos caminando —dijo Arturo, poniéndose de pie y agarrando por el brazo a Sofía—. Acompañamos a Abel, vamos al hotel, alquilamos la habitación, te dejo con el niño y me voy para la casa. ¿No vas a pensar que tengo alguna mala intención contigo? ¿Tú no tienes ojos, hija?

Sofía no sabía si reía o lloraba.

—No es eso, es que yo... —comenzó a decir, y de un manotazo se secó las lágrimas— Está bien, te lo acepto. Algún día te lo voy a pagar. Que piense él esta noche lo que quiera, que se quede esperando. Mañana hablaré con él, cuando se le haya pasado la borrachera. Que se quede esperando esta noche. Que se quede esperando. La culpa es de él, la culpa es solamente de él.

—Claro que la culpa es de él —dijo Abel.

—Por supuesto —dijo Arturo—. En el Plaza vas a dormir tranquila. Y tu hijo también.

David seguía agarrado a Abel, como si se tratara de un objeto que pudiera de pronto irse volando. Los cuatro atravesaron el parque con desgano, se internaron en el laberinto de calles torcidas, que terminaban abruptamente en plazas, o en cinco esquinas mudas, con caserones con altos puntales y ventanales de madera o hierro, vacíos, oscurecidos; a esa hora la ciudad se volvía un escenario tirado al abandono, como si al extinguirse las voces y la gente sólo quedara una armazón sin vida.

A lo lejos, los cantos de la turba, cada vez más distantes, no perturbaban este entramado austero, estas casas vetustas barnizadas de muerte.

—Vamos por el callejón de atrás de la tienda, yo dejé entreabierta la puerta de la cochera —dijo Abel—. O si quieren me dejan aquí mismo en esta esquina. No, no, mejor me acompañan hasta allí, quiero enseñarles una cosa.

Un farol polvoriento, cercado por mosquitos, apenas alumbraba las fachadas y las ramas del flamboyán que daban sobre la estrecha calle.

—Esa ventana con rejas es mi cuarto —dijo Abel—. Siempre la tengo abierta. Si alguna noche me necesitan, me llaman, mi cama está debajo de la ventana. Me llaman bajito, yo me despierto fácil, a veces me desvelo. Así que ya lo saben.

Besó a Sofía, abrazó a David y le estrechó la mano a Arturo. Luego empujó el portón. Los tres se quedaron mirando la ventana de barrotes de hierro, donde en unos minutos se encendió la luz.

—Andando —dijo Arturo—. Yo conozco al carpeta del hotel y seguro que me hace una rebaja.

Casi al amanecer, Sofía decidió levantarse de aquella extraña cama donde no había podido pegar ni un solo ojo, y después de arropar a David se asomó a la ventana. El niño, entre dormido y despierto, echó a un lado la sábana y murmuró una frase que la madre no pudo entender. La habitación, en un segundo piso, daba a un costado de la estación de trenes. En ese instante una locomotora, lanzando un chorro de humo, estremecía el andén donde gentes con maletas y cajas correteaban de un lado para otro. Al ver la lívida luz sobre los techos, Sofía tuvo la súbita impresión de ser una viajera que se hallaba de paso en una ciudad desconocida, en un país que tal vez no era Cuba. Una inaudita nube vertical cortaba el cielo de un tajo.

—Papá —dijo David, sentándose sobre la almohada.

Sofía miró la calle del frente del hotel, los autos de alquiler, los carretones, los tachos de basura. En un patio interior una anciana barría con una intensidad que hacía pensar que no limpiaba el polvo, sino los restos de un pasado abyecto. En la distancia, los campanarios se recortaban contra la claridad incipiente del día. Un viandero pregonaba naranjas. Una ráfaga tibia entró por la ventana abierta. Este era el sitio en que ella había nacido. No tenía escapatoria.

—Ahora vamos a verlo. Vamos para la casa. Vístete.

Salieron del hotel furtivamente, como un par de ladrones. El sol no había salido.

Sofía no estaba habituada a recorrer las calles a esta hora temprana; la luz fantasmal trasmitía a las fachadas, a los objetos, a los transeúntes, una inseguridad; había algo a medio hacer en el cielo licuado; no era posible determinar si se trataba del amanecer o del atardecer. ¿Vendría después de esta indecisa luz la mañana o la noche?

Ella había contemplado muchas veces, acostada en su cama, cómo esta palidez circundante penetraba en su cuarto. Roberto se levantaba a tomar agua en el instante en que llegaba el día. Habían hecho el amor horas antes en la más absoluta oscuridad, ella y su esposo, el hombre que mejor conocía en el mundo. Pero al ver su figura bajo la luz lechosa, en busca de agua, tenía el presentimiento de que miraba a un hombre diferente. Luego al salir el sol el cuerpo acostado a su lado no despertaba dudas: se trataba de Roberto dormido, con la boca entreabierta, oliendo aún a licor; era el mismo, no había ningún otro; la vaga claridad la había vuelto a engañar.

Pero ahora no se hallaba protegida por mosquiteros, ni sábanas ni almohadas: caminaba con su hijo de la mano por la ciudad que se desperezaba lentamente, con tumbos y bostezos. Lecheros y carboneros repartían sus productos, sin los cuales la vida se volvía inconcebible. Hombres más prósperos arrancaban sus carros, cuyos motores, en un esfuerzo por romper la inercia, emitían a veces sonidos parecidos a disparos. Las campanas de una iglesia distante llamaban a misa. En el cielo blancuzco aparecían manchones rojizos y dorados.

Al llegar frente a su casa Sofía se detuvo un instante, estupefacta: la puerta estaba abierta de par en par.

Como una sonámbula atravesó la sala, los cuartos, la cocina, le echó un vistazo al baño, hizo el mismo recorrido en sentido inverso, mirando de reojo las camas, las sillas, los balances, sumergidos en el denso silencio, y por último cerró quedamente la puerta de la calle, luego de mirar con cuidado las fachadas de la acera de enfrente, donde no se veía ni un alma. David deambulaba tocando los manteles, las cortinas y las porcelanas, como un gato que después de un paseo trata de entrar otra vez en confianza con su territorio.

—Voy a fregar —dijo Sofía en voz alta, no a su hijo, ni siquiera a ella misma, sino con el énfasis con que algunos creyentes le hablan a Dios.

Abrió la pila de agua sobre el fregadero y acomodó la loza bajo el chorro, mientras miraba por la ventana el patio, que comenzaba a inundarse de luz. David cruzó sigiloso la cocina, abrió la puerta de atrás y comenzó a caminar por el trillo bajo el follaje de las frondosas matas. Sofía miró al muchacho, luego vio un par de piernas que colgaban desnudas en el aire. El niño se dirigía hacia ellas, entretenido en acariciar hojas de malangas y arecas.

—¡David, no! —gritó Sofía, dejando caer un vaso— ¡No, no, no!

Corrió hacia el hijo y lo abrazó, tapándole los ojos, mientras daba alaridos:

—¡No, no, no!

El cuerpo pendía inmóvil de una rama. Las manos quietas rozaban los muslos. Los pies descalzos parecían a punto de rozar el suelo. Pero los dedos en punta no llegaban a alcanzarlo.

—¡No! ¡Roberto! ¡No! ¡Roberto! ¡No!

En ese instante, en la casa de al lado, cuyos dueños se habían marchado definitivamente del país la semana anterior, el teléfono comenzó a sonar. El timbre retumbaba en la casa vacía; su chirrido se propagaba inútil en la quietud de la mañana.

Ahora el sol se apoderaba poco a poco del patio, despejando de sombra los rincones, trazando vetas de luz en los arbustos, alumbrando las gotas de rocío pegadas a la hierba. De repente el teléfono dejó de sonar. Los gritos de Sofía se fueron convirtiendo en quejidos.

David temblaba entre sus brazos.

Seis

A partir de la noche que Abel salió a comprar la botella de vino, su cuarto se volvió sala de citas y confesionario.

Primero fue la viuda. Con sigilo entró en la habitación esa misma madrugada, una silueta dentro de la penumbra, desgreñada, con olor a perfume francés y vino tinto, ojerosa, espectral, y se sentó en el borde de la cama de Abel, haciendo sonidos con la boca pero sin pronunciar una sola palabra, como esperando un signo de vida del muchacho, que conteniendo la respiración por fin dijo:

—¿Le pasa algo, Alicia?

—Abel, ¿te desperté?

—No, yo estaba despierto, diga.

—¿Quieres unas pasas?

—No.

—Ay, a mí me privan —chupaba y masticaba con vehemencia—, me privan desde que era chiquita. ¿Tú sabes lo que son las pasas? Son uvas que se secan al sol. Cuando están secas y arrugadas es que se ponen dulces. Pobres uvas, qué tortura para fabricar un poquito de azúcar. ¿Estás seguro que no quieres una? Fíjate que éstas son las últimas y aquí ya no aparecen por ninguna parte.

—No, ahora no tengo hambre.

—Abel, ¿tú crees que él me quiera?

El muchacho se despabiló y se frotó el pelo como si sacudiera una invisible caspa. ¿Qué sabía él de amor? Lo poco que había visto lo asustaba: su madre había pagado con soledad y vejaciones su enamoramiento; su abuela era una esclava de su abuelo, como, según Arturo, la vieja Mercedes lo había sido de su marido que ahora vivía en el Norte; Roberto le hacía la vida imposible a Sofía; Manuel y Aida Valdés parecían comprenderse, pero ninguno de los dos inspiraba simpatía ni confianza. De pronto recordó las palabras de Aida sobre Sebastián: está casado, nunca va a dejar a su mujer por esa vieja. El por supuesto no las repetiría. Se revolvió en la cama y acomodó la almohada debajo del sobaco, respirando grueso.

—A mí me parece que sí, que él sí la quiere —dijo al fin. Y luego preguntó, para pasarle la responsabilidad—. ¿Y usted qué cree?

Alicia parpadeaba en la penumbra como si alguien hubiera colocado una potente luz frente a sus ojos.

—Estoy muy confundida. A lo mejor me quiere, pero su fanatismo es más fuerte que todo. El me habla de ideales, del futuro de Cuba. ¿Pero y mi tienda, Abel? ¿Mi sacrificio? ¿El sacrificio de mi marido muerto? Sebastián quiere que la entregue pronto, antes que me la quiten por la fuerza. El me juró que nunca va a obligarme. Es más, me ha dado a entender que posiblemente se lo lleven de aquí, que le den otro puesto en otra parte. Y entonces tengo miedo de no verlo más nunca. Porque si él no me quiere, no lo voy a ver más cuando se vaya a trabajar a otro lado. Me voy a quedar sin él, sin la tienda y sin nada. ¿Qué hago? A veces me parece que lo mejor es irme del país, dejar que se cojan lo que les dé la gana, no luchar más, olvidarme de él, de todo.

En ese instante *él* apareció en el marco de la puerta. Trastabillando. Prácticamente en cueros. El hombre de la casa. A esa hora de la noche no era posible verlo como el miliciano, ni el fervoroso revolucionario, ni el joven elocuente que embaucaba a cualquiera con su labia, ni el enérgico administrador: era más bien un matarife curda.

—¡Alicia! ¿Qué carajo tú haces en el cuarto del niño?

El niño. A Abel le dieron ganas de decirle las cosas que el niño pensaba y hacía. Pero guardó silencio.

—Mi amor, no me podía dormir, vine a hablar con Abel, pensé que tú estabas dormido.

—Me desperté y te busqué —dijo sentándose en la cama y abrazándola. Alicia suspiró y se dejó besar. La pareja se dejó caer sobre el colchón y comenzó a retozar entre zalamerías y bamboleos, hundiendo el bastidor en un costado, enroscándose con el cubrecama. Abel se acurrucó en el otro lado, poniendo sábanas y almohadas por medio como si levantara un parapeto, y arrinconado en una esquina pensó que no había escuchado jamás, ni siquiera en el cine, unos besos tan aparatosos como los de este carcamal y este farsante. En ese instante los odiaba a los dos.

—Aquí no, aquí no —dijo Alicia, zafándose y poniéndose de pie—. Abel está despierto.

—¿Y qué, muchachón? —preguntó Sebastián con voz pastosa, dándole un manotazo a la sábana. Abel se limitó a encoger las piernas— Quiero hablar contigo, muchachón, pero no ahora. Después.

Alicia tuvo que sujetarlo para que no se cayera. Luego se fueron tambaleando, como si ella también estuviera borracha, y cruzaron el patio lamiéndose, olfateándose; Abel se levantó, se paró en la puerta y los siguió con la vista hasta que entraron en el cuarto de Alicia. Al poco rato empezaron los gritos de la viuda y los intensos resoplidos del hombre. Luego vino el silencio, pespunteado por el áspero chirrido de grillos. Abel se masturbó de pie ante la ventana y luego se acostó.

Alicia regresó a la media hora y susurró:

—Tengo que hacer algo. Esta vida así no tiene ni pies ni cabeza.

Abel, sin moverse, se dio cuenta de que ella no hablaba con él, sino con un cuerpo al parecer dormido, que lo mismo podía ser una imagen de metal o de piedra, o un gato echado encima de un cojín.

—Yo me casé con Antonio para sentirme segura. Yo era una huérfana, igual que tú. Aunque era mucho mayor que yo, Antonio me hizo mujer, me hizo valer, fue el hombre de mi vida. ¿Y quién es éste? Lo único que sé de él es que se llama Sebastián. Y que todo lo ha puesto patas arriba. Todo se va acabar, y él me está empujando al hueco. A lo mejor no lo hace a propio intento, a lo mejor no quiere hacerme daño. Una vez me trajo flores y se puso de rodillas, ¿te acuerdas? Pero era porque la noche antes me había dado un piñazo. Que va, yo tengo que hacer algo, cualquier cosa.

Caminaba de un lado para otro en la pegajosa penumbra de la habitación, oblicuamente iluminada por la luz amarilla que entraba por la ventana de rejas. Su rostro era una pura lividez. Abel la observaba con el rabo del ojo, yerto, con los brazos a lo largo del cuerpo, escondido en un trozo de sombra. Al olor de perfume y de vino se mezclaba ahora el del sudor de Sebastián, que se había impregnado en la piel de la mujer. Abel estaba a punto de taparse la nariz. Como si hubiera adivinado la intención del muchacho, Alicia dijo:

—Esta noche tiene hasta mal olor. Me ha pegado la peste. Es un animal, eso es lo que es, un animal. Y yo me he vuelto igual que él. Tengo que darme un baño, quitarme esto de encima —y oliéndose las axilas salió farfullando.

Al poco rato Abel sintió la ducha. Empezaba a dormirse, a cabecear, a penetrar en un pozo grisáceo donde hiedras babosas se le enredaban en los hombros y el pecho, cuando de pronto oyó a Sebastián, que sentado en la cama le decía:

—Está desquiciada. Y se va a poner peor. Me da lástima, pero no puedo hacer nada por ella.

Olía a licor y a grajo, pero más apestaban las bocanadas de humo de cigarro. A Abel le dio un ataque de tos. Al igual que la viuda unos minutos antes, el hombre no parecía prestarle atención, ni darse cuenta de que lo importunaba. Se acostó al lado de Abel, eructando, desparramando su cuerpo macizo.

—Yo no sé por qué la vida es tan complicada —dijo.

—¿Es verdad que te vas a otro trabajo? —preguntó Abel, arrimándose a la pared y levantando de nuevo un tabique con la ropa de cama.

—Tengo que irme. Esto se ha vuelto una complicación. ¿Qué te decía ella hace un rato?

—Ella quiere saber si tú la quieres.

Sebastián dio un manotazo en el aire, como si la mera mención del cariño materializara un jején o una mosca.

—¿Si la quiero? Qué sé yo. Me da lástima, me gusta un poco, qué sé yo. Las mujeres son algo del carajo. Pero ella está jodida, ella no quiere entender que aquí en Cuba la cosa ya es distinta, que la gente como ella tiene que cambiar y no puede seguir tapando el sol con un dedo.

—Ya ella cambió —dijo Abel con firmeza, tapándose parte de la cara con la almohada. El amasijo de olores le cortaba la respiración.

—¿Cambió? Bueno, sí, cambió un poco, pero hace falta que cambie más. Y eso es imposible. Tú no puedes entenderlo. Mejor ni hablemos de eso. Lo que quería decirte es que tienes que ir pensando en volver para la casa de tus abuelos.

—Yo no voy a volver para allá. Mis abuelos son viejos, van a morirse pronto, y aquella no es mi casa.

—Puedo tratar de resolverte una beca para que te vayas a estudiar a La Habana. Tú tienes un gran futuro por delante. Esta revolución se hizo para los niños como tú.

—Ya yo no soy un niño —dijo Abel. Era primera vez que lo decía.

—Tú te crees que no eres un niño, pero lo eres. Eres un vejigo culicagao. La cosa es que aquí no te vas a poder quedar. ¿Quieres que trate de resolverte una beca?

—No sé.

—Tienes que decidirte pronto. A mí no me queda ni una semana aquí. Pero no se lo digas a ella.

Apenas terminó de hablar, Sebastián se estiró y comenzó a roncar escandalosamente. De la boca salían sonidos líquidos, como si la tráquea soltara burbujas, estertores que se aceleraban hasta culminar en un chasquido, para volver a empezar a un ritmo lento, cortos resuellos que degeneraban en jadeos y silbidos. La funda se empapaba de saliva. Un par de veces pedorreó con estrépito. Abel se enrolló una toalla en la cabeza y poco a poco volvió al pozo gris donde esperaban hiedras gelatinosas.

La viuda, que después del baño con el que eliminó olores y lujurias se había puesto una bata de encajes rosados, los encontró dormidos a los dos, y desconcertada se acostó de forma horizontal a los pies de la cama. El cansancio terminó por aquietar el jaleo en su cabeza y por desvanecer el olor hiriente del cuerpo de su amante. Al amanecer se despertaron en forma de triángulo, envueltos en vaho, engarrotados, sintiendo en el vientre el peso de un empacho, y sin darse siquiera los buenos días cada uno se levantó por su lado, de mal humor, con ganas apremiantes de vaciar la vejiga. Dormir encimados, en posturas chocantes, había ensanchado la brecha entre los tres.

Esa noche, mientras Alicia y Sebastián sacaban cuentas en la oficina, y Abel, echado en el piso de su cuarto, hacía con desgano tareas de geografía, memorizando nombres de países que no tenían la menor realidad, hojeando un libro con mapas gigantescos, una mujer se asomó inesperadamente a la ventana y dijo:

—¡Abel! ¡Abel! ¡Llegó el momento de la despedida!

Capas de polvo, colorete y pintura le daban a la cara un brillo peculiar, como de porcelana, y resaltaban un falso lunar muy cerca de la boca, pero no lograban ocultar del todo un moretón alrededor de un ojo. La cabellera tupida y oscura caía espléndidamente sobre los anchos hombros, descubiertos por un amplio escote. La inaudita muñeca sonreía, mostrando manchas de creyón de labios en los dientes parejos, que relucían como pequeños mosaicos jaspeados.

Abel, acogotado, sin quitarle los ojos al rostro detrás de los barrotes, sólo atinó a ponerse la camisa. Abrió la boca para decir algo, pero no pudo hablar. Luego apartó la vista y se inclinó sobre el mapa de Europa desplegado en el centro del libro, como si el continente dibujado en la página pudiera eliminar la visión.

—¡Abel, mírame! ¡No me gusta verte así, aterrillado! ¿Tú no sabes que tú eres el muchacho más lindo de Cuba, el más puro, el más bueno? ¡Ven, acércate, no me tengas miedo!

Abel, como un sonámbulo, se levantó y caminó a la ventana.

—Arturo —dijo Abel, poniéndose la mano encima de las cejas como una visera—, ¿por qué te pintas y te vistes así? Tú no eres una mujer.

Como respuesta, la figura comenzó a dar vueltas frenéticamente en medio de la calle. Con cada giro la falda de campana se desplegaba como un abanico, mostrando unas piernas y unos muslos robustos. Al detenerse dijo:

—Yo no me llamo Arturo, yo me llamo María. María de los Angeles del Pinar y de Soto. Mis apellidos son de noble abolengo, como le corresponden a una camagüeyana, nacida y criada en esta ciudad aristocrática, la única que vale en este país de mierda. Soy hija de un marqués y una poetisa. Asómate bien, para que admires mi vestido. ¿No es lo más elegante que has visto? ¿No es mil veces mejor que todos esos que venden aquí en La Ilusión? Y mira mis zapatos —y sacando una linterna de la enorme cartera que colgaba del hombro, apuntó con la luz a sus pies—. De charol, como los que ya no vienen. Mira esos floripondios, que brillan sin betún. Y las medias de seda, color carne. ¡Abel, tú no sabes nada de la vida! ¡Tú no sabes lo que es ser diferente! ¿Lo sabes o no lo sabes? ¿Tú no eres diferente también?

—Arturo, tú estás loco.

—Nadie, nadie, nadie me puede denigrar. Todas las cosas muestran la belleza de Dios. Por ejemplo, tu pelo, tu cara —y alzando las manos que terminaban en uñas púrpuras, dijo—. ¡Dios mío, no me dejes! —y al instante comenzó a dar vueltas. La larga cabellera se esparcía con los giros, una masa de pelo tumultuosa. La cartera gigante estaba a punto de salir volando. De los ojos entrecerrados parecían brotar lágrimas. Luego, resollando, apoyó la cabeza en la reja.

—Arturo, tú estás loco, te vas a destarrar.

—Abel, quiero pedirte un favor. Déjame ver tus pies. Anda, trépate en la ventana. Te juro que no te voy a tocar ni a hacer nada.

—¿Pero por qué? ¿Qué tengo yo en los pies? Tú estás loco.

—Anda, compláceme. ¿No vas a complacer a una mujer tan bella como yo?

Abel, moviendo la cabeza, pegó por fin un salto y se sentó en el marco, sacando por entre los barrotes las piernas y los pies descalzos. De inmediato la linterna los iluminó.

—Tal y como los había soñado. Preciosos. ¡Pre-cio-sos! Blancos, perfectos, la forma de las uñas es ideal, el dedo gordo un sueño. No voy a tocarlos, no. ¡Dios mío, no me dejes! Si tuvieras tres o cuatro años más, sí. Los tocaría, los acariciaría, los besaría. Pero cuando tú tengas tres o cuatro años más, yo estaré muy lejos. Muy lejos, Abel. ¡Muy lejos! ¿Tú sabes lo que quiere decir la palabra lejos? ¡Lejos, lejos! —y guardando la linterna en el bolso se puso a dar vueltas otra vez.

Un carro dobló súbitamente por el callejón, iluminando con sus focos el cuerpo que giraba como un reguilete al lado de la acera; el claxon sonó de una forma brutal. Hubo un frufrú de telas y la mano con las uñas pintadas se alzó:

—¡Adiós, Abel, no te olvides de mí!

El jovencito se quedó en la ventana, atarantado, hasta que una llovizna comenzó a empapar los adoquines de la calle vacía, a filtrarse en las hojas del sombrío flamboyán. Alicia y Sebastián discutían, pero Abel no distinguía palabras, sólo el tono iracundo de las voces. Abrió de nuevo el libro y se adentró en las fotos de ciudades, selvas, lagos y montañas nevadas. Escribió en su libreta nombres de ríos y de vastos desiertos. Las voces de la viuda y de su amante se apaciguaron hasta achatarse y volverse un murmullo. Sólo sobrevivía el canto de los grillos, el ronroneo de un gato. Era hora de dormir.

El muchacho soñó que su cuerpo era un mapa. No sólo el suyo; el cuerpo de Leonor, con el rostro maquillado de Arturo, era también una isla montañosa, y los pezones la vegetación que tapaba las cimas. Los mapas de los cuerpos se doblaban en dos adentro de un cuaderno; sólo las piernas quedaban colgando; una mano frotaba las plantas de los pies de Abel, que se meneaba adentro de las páginas, retorciéndose por la cosquilla. Luego los mapas, o más bien los cuerpos, se agrandaban hasta abarcar los techos y las plazas de todo Camagüey, donde brillaban con luces de neón los apellidos de familias ilustres. Abel recordó con rabia y pesadumbre que él ni siquiera llevaba el apellido de su propio padre.

Lo despertó una voz que repetía su nombre. Arturo, sin peluca ni pintura, más pálido que de costumbre, lo llamaba desde la ventana. Tal vez la palidez se debía a que estaba vestido por completo de blanco: camisa, pantalón y zapatos relucían bajo la luz mortecina del farol. Las huellas de los golpes todavía eran visibles en el ojo y el pómulo. La llovizna aplastaba sus cabellos.

—Abel, vine para decirte adiós. Me voy mañana para Estados Unidos. Me voy para siempre. Quería verte por última vez.

Abel no quiso hablar de la mujer pintada. Sacó el brazo por la ventana y le extendió la mano, que Arturo sujetó con fuerza.

—Arturo, ¿a quién le dejaste los pájaros, los peces y el gato?

Arturo se llevó la mano de Abel a los labios, la besó levemente y la soltó.

—A nadie. A Dios. Al azar. Al destino. ¡Qué palabras tan extrañas! ¿Verdad? Pero no te preocupes: ellos se las arreglarán para sobrevivir. Igual que tú. Igual que yo.

Abel pegó la cara a los barrotes.

—No seas así, Arturo, no hagas eso. El gato puede buscarse la vida, ¿pero cómo van a comer los peces y los pájaros metidos adentro de jaulas y peceras? Suelta los pájaros y lleva los peces a un río. Déjalos por lo menos que se defiendan.

En ese instante sacudieron la puerta, que Abel había cerrado con pestillo.

—¡Abel! —gritó Sebastián— ¡Abre la puerta! ¿Tú estás hablando solo?

—¿Quién es? —preguntó Arturo.

—El novio de la viuda —susurró Abel. Y volviéndose hacia la puerta cerrada, dijo—. ¡Espérate!

—Adiós, me voy. Abel, te deseo lo mejor. Una vez yo me aprendí un poema que decía: *un fantasma de encanto*. Ay, Abel, ¿tú sabes lo que es pasión de ánimo? No, tú nunca lo vas a saber.

¿Pasión de ánimo? ¿Tú sabes lo que es eso?

Y antes que el jovencito pudiera contestar, Arturo se alejó corriendo por el callejón, una mancha blanca en la oscura llovizna.

Abel quitó el pestillo y Sebastián entró como una tromba, con el ímpetu con el que acostumbraba a moverse y a hablar, sin camisa, exhibiendo el corpulento pecho cubierto de vellos, gesticulando con exageración.

—Al fin se durmió —dijo alzando los brazos y guiñando un ojo—. Se tomó un cocimiento de tilo y un par de aspirinas. Estaba muy nerviosa, le dolía la cabeza. Y eso que todavía no sabe que me voy. Mañana viene el nuevo administrador. Pero ella es inteligente, ella se huele algo, por eso anda con el moño virado. Tú no sabes cómo son las mujeres, con ellas hay que andar con pies de plomo. Tú tienes mucho que aprender, chico.

A diferencia de la noche anterior, sus palabras sonaban vigorosas, seguras. Su mirada, sin rastros de licor, había recuperado su filo penetrante. Pero Abel no se sentía con ganas de escuchar lecciones sobre mujeres o cualquier otra cosa. Arturo se iba, Sebastián se iba. La gente parecía disolverse, dejando un mal sabor. El sólo deseaba acostarse a dormir y soñar otra vez con mapas y cuerpos. Se recostó en la cama y preguntó:

—¿Vas a quedarte esta noche aquí, o te vas con tu esposa?

Sebastián, pasmado, lo miró en silencio. De pronto se echó a reír.

—¿Mi esposa? ¿Quién te ha dicho que tengo una esposa?

Abel clavó la vista en las vigas del techo, veteadas por lamparones de humedad.

—Me lo han dicho.

—No te dijeron mentira —dijo Sebastián, sentándose encima de la mesa de noche—. Contigo puedo hablar sinceramente, yo sé que aunque eres un vejigo eres serio. Alicia dice que ella te cuenta todo, que tú eres una tumba. Esta es mi última noche aquí. Vine a decirte que ya empecé a hacer la gestión de tu beca. Vas a estudiar en La Habana.

—Yo no me voy para ninguna beca.

—¿Vas para casa de tus abuelos? Aquí no te puedes quedar.

Abel se impacientó.

—Sebastián, no te preocupes por mí. Preocúpate por Alicia.

—Yo no puedo hacer nada por Alicia. Ella quiere cosas que yo no le puedo dar, vive en las nubes. Pero se va a tener que bajar muy pronto. Hay cosas que tú no puedes comprender. Ella quiere vivir en el pasado, y el pasado se acabó. El presente es de nosotros, los revolucionarios, que queremos hacer un país mejor. Precisamente para los niños como tú. Tú vas a tener un gran porvenir.

—Sebastián, tengo sueño. Mañana tengo que levantarme temprano para ir a la escuela.

—Te voy a escribir aquí en esta libreta mi dirección, para que vayas a verme en estos días. La beca está segura, ya me lo dijeron.

Abel se tumbó en la cama, cerró los ojos y fingió dormir. Afuera la lluvia arreciaba. Sebastián salió canturreando un bolero. Ecos de truenos retumbaban como golpetazos contra una pared. Luego la lluvia se volvió un chinchín, tamborileando sobre azoteas y tejas. Abel trató de continuar el sueño interrumpido, pero le era imposible: ahora, entre dormido y despierto, se dejaba arrastrar por la impresión de que estaba acostado sobre la tumba de su madre, que no había visitado en los últimos meses. Luego que ella murió él iba con su abuela todos los domingos a llevarle flores, pero ese hábito duró solamente seis o siete semanas; después fue un par de veces, solo, y se sentó en la losa, sin saber qué hacer; no sabía si rezar o limpiar la lápida; una vez se acostó en un tramo de hierba al lado de la tumba, pero un hormiguero lo obligó a levantarse, sacudiéndose y dando brincos.

Ahora sentía en su espalda que el colchón se había vuelto de piedra, de piedra fría, áspera y mojada; su madre estaba abajo, escondida en la tierra, y él intentaba en vano escuchar algún ruido, percibir un signo de su presencia oculta. Una voz femenina dijo de pronto quedo:

—Abel.

El respondió con un grito:

—¿Qué? ¿Qué?

Se tiró de la cama tiritando y se asomó a la ventana.

En la calle, bajo la llovizna, Sofía y David se encogían bajo un paraguas negro. La tela del paraguas rodeaba sus cabezas como un gran carapacho. Los dos semejaban arbustos surgidos de la calle, plantados en los mismos adoquines; la luz amarillenta del farol, que el agua emborronaba, no permitía distinguir del todo sus facciones oscuras.

—Ah, son ustedes —dijo Abel, erizado de pies a cabeza, estremecido aún por la visión de la tumba en su sueño (o duermevela, no estaba seguro)—. No se mojen, voy a abrirles la puerta de la cochera.

—No te molestes —dijo Sofía, acercándose con el hijo a la ventana—. Vinimos un momento a saludarte, nada más.

—Entren, entren.

—No, nos vamos —dijo Sofía—. Desde por la tarde este niño te está llamando a cada rato, diciendo Abel, y lo traje para que te viera.

—David, ¿qué pasa? ¿Es que tienes ganas de jugar a las damas?

El niño lo miraba boquiabierto, sin contestar. Sofía dijo:

—Oye, Abel —y moviendo exageradamente los labios, en silencio, formó las palabras: *Roberto se murió*. Y agregó, en alta voz de nuevo—. Roberto está en el hospital, tuvo un accidente.

Y otra vez, formando las palabras con los labios: *Se mató*.

Se ahorcó. Ayer lo enterré.

Abel, estupefacto, miraba el rostro del hijo y luego el de la madre, tratando de imitar el modo en que Sofía hablaba sin hablar, dibujando las frases sin sonido para decir un pésame, pero no recordaba la expresión adecuada. Por fin dijo con voz enronquecida:

—Pasen, por favor, voy a abrirles la puerta.

—No, nos vamos —dijo Sofía—. No quiero ver a Alicia.

—Alicia debe estar dormida.

—A lo mejor se despierta. Y ya es muy tarde, tú tienes que dormir, nosotros también. David, ya viste a Abel, dile adiós.

El niño levantó con rigidez la mano, como un saludo militar. Abel agitó la suya detrás de los barrotes.

—Adiós, David, voy a ir a verte pronto.

Una ráfaga desvió la fina lluvia y los empapó a ambos. Del flamboyán cayó un cernido de hojas, semillas y flores, que se esparcieron sobre el pavimento; algunas se pegaron a la tela enlutada del paraguas, como imprudentes manchones de color. Los truenos volvían a retumbar, amenazantes en la lejanía. La pareja echó a andar encorvada, chapoteando en el súbito arroyo que se ensanchaba formando círculos en el callejón.

Al otro día amaneció lloviendo y Abel no fue a la escuela. Le dolían la cabeza y la garganta. Rosa la cocinera le preparó una sopa en la que navegaban alas de gallina, dientes de ajo y hojas de cilantro, que exhalaban tirabuzones de humo.

Por la noche siguieron los chubascos. Escampaba y llovía. Luego volvía a escampar. Las paredes y el techo sudaban lentamente, como un cuerpo con fiebre. La humedad lo acaparaba todo, el aire, el piso, los muebles, las cortinas.

Después de cerrar la tienda a las seis de la tarde, la viuda se había encerrado en su cuarto, y Abel leía en la mesa del comedor, porque había estado acostado todo el día y le repugnaba la cama.

Una brusca corriente movía a veces las gotas de cristal de la lámpara, que tintineaban con un dejo siniestro. En el patio el agua corría por las canales, cayendo en cascadas en los tinajones, los tiestos, los canteros, enchumbando la hierba, haciendo más penetrante el silencio. Cerca de las diez Abel escuchó un ruido, una tos, unos pasos. De inmediato recogió su libro, apagó la lámpara, entró en su habitación y se acostó. No quería ver a Alicia. No sabía qué decirle. Lo mismo le había ocurrido con su madre muerta.

Y en realidad era casi una muerta la que abrió al poco rato la puerta del cuarto y a tientas buscó el interruptor para encender la luz. La áspera claridad del bombillo azoraba; la viuda había envejecido de pronto. Traía suelto el cabello canoso, plagado de horquetillas. El rostro se había hundido.

—Abel, ¿tú te irías conmigo para Nueva York? La familia de mi esposo está allá —la mujer se miró de soslayo en el espejo del escaparate, se tocó la cabeza y añadió—. Allá hay muchos rascacielos. Yo fui una vez con Antonio, hace años.

Abel se engurruñó debajo de la sábana.

—No sé, no creo que pueda —dijo Abel, y al ver en el espejo los ojos de la mujer, agregó con una voz infantil que no era la suya—. Es que yo todavía estoy muy chiquito.

La viuda daba vueltas por el cuarto. A veces levantaba los brazos, como si hiciera alguna invocación, o practicara una simple calistenia. La bata abierta parecía chamuscada. Del cuello fláccido colgaban secamente una medalla y un escapulario, que rozaban el borde de los senos, recordatorios de una época de fe.

—¿Tú no sientes los mosquitos? —preguntó de pronto, y comenzó a palmotear en el aire con violencia— El agua los revuelve. No sé dónde puse el aparato de Flit.

Abel seguía con la vista las manos, como si observara el vuelo de dos aves.

—Alicia, si mañana me siento mejor voy a ir por la tarde a ver a las vendedoras. Esa que es cartomántica me prometió diez pesos, a lo mejor le saco un poco más.

La viuda se detuvo y lo miró fijamente.

—No vas a volverle a cobrar a más nadie. Yo solamente quiero que te vayas conmigo. Se lo voy a decir a mis tíos, estoy segura de que te van a dejar. Ya ellos están con un pie en el cementerio, y tú no tienes a más nadie. En Estados Unidos vas a vivir mejor que aquí, vas a estudiar, vas a tener un gran futuro.

Abel estuvo a punto de decirle que Sebastián también le había hablado con frases parecidas, pero se calló. La mujer dio otras vueltas y luego salió mirando a todas partes, oliéndose debajo de los brazos, dando palmadas.

La lluvia cesó por la madrugada, pero el aire siguió cargado de humedad, denso como una capa de alquitrán. Abel se levantó a tomar agua y cruzó a tientas el comedor hasta llegar a la cocina. Alicia estaba sentada en la sombra, en un taburete al lado del fogón, inmóvil, con los ojos abiertos, totalmente desnuda. Al verla, Abel dio un paso atrás y regresó corriendo hasta su cuarto, con el corazón brincándole atrozmente y la lengua reseca. Cerró la puerta, le pasó el pestillo y se acostó otra vez. Esperó con ansiedad durante un par de horas la llegada del día, aferrado a la idea de que la mañana le daría una respuesta, y él sabría con certeza qué rumbo tomar.

Pero al entrar el sol por la ventana, el muchacho continuaba perplejo; un pájaro empapado gimoteaba posado en una teja; él se miraba la punta de los pies, se pasaba la mano por el vientre, sin atreverse a abandonar la cama; como el que al recibir una carta esperada, rasga el sobre y halla un papel en blanco.

Siete

Abel se durmió al fin. Un sueño intenso, breve: Leonor se descolgó por la ventana, se le encimó y le tapó la cara con sus senos enormes, que estaban metidos en fundas de almohada. El intentaba desbaratar la tela con los dientes, para dejar al descubierto los pezones forrados, pero las fundas pegadas a la piel tenían un sabor ácido, a marañón, a bergamota verde, que le causaban una feroz dentera. La mujer se le quitó de encima y se trepó a una mesa, donde empezó a girar con frenesí. Ahora no era Leonor, sino Arturo, que mientras daba vueltas se levantaba la falda de encajes. Tenía una pierna más larga que la otra. Luego sacó un cuchillo y a sangre fría, con tajos salvajes, se cortó los pies. La mesa se desplomó estrepitosamente: Abel se despertó con el barullo, que resultó ser real.

Algo sucedía afuera.

Se puso a la carrera un pantalón, salió del cuarto y atravesó descalzo el patio encharcado. El sol se reflejaba en los pedazos de agua, en el piso empedrado, en las losetas; la piel de barro de los tinajones brillaba como barniz.

El escándalo provenía de la tienda: objetos que chocaban, fragor de muebles, golpetazos, gritos. Rosa la cocinera temblaba y se persignaba al lado de la puerta entreabierta que unía la tienda y la casa. Abel apartó a la mujer y asomó la cabeza.

Alicia, armada de un machete, derribaba estantes, descuartizaba maniquíes, ripiaba vestidos, trozaba zapatos, partía cajas, desfondaba sillas de las que brotaban intestinos de guata, mientras emitía cortos sollozos que no se parecían a sonidos humanos.

El nuevo administrador, que había empezado a trabajar el día antes, golpeaba las puertas de cristal cerradas, rodeado de los empleados y de un grupo de curiosos que se habían apiñado junto a las vidrieras, mirando a la mujer, o más bien a la anciana, de pelo alborotado y rostro enrojecido, vestida con una bata de casa estrujada, que repartía planazos a diestra y siniestra, llenando el salón de destrozos.

De pronto la mujer soltó el machete y con fuerza inaudita levantó la caja contadora y la dejó caer; monedas y resortes se regaron brincando y tintineando. Luego la emprendió a puñetazos contra un montón de maniquíes desnudos apilados en un rincón, que se habían salvado del filo del machete; los muñecos rodaron con sus rostros impávidos entre tajadas de faldas y blusas. Alicia los pateó hasta magullarlos, haciendo rebotar contra un estante los cuerpos sin vida ni sexo. Prendas de lencería cayeron de repisas formando burujones de plisados y encajes; filas de vestidos colgados de percheros se vinieron abajo; masas de tela se desperdigaron sobre los mostradores. La mujer avanzó hacia la única esquina intacta de la tienda, donde se almacenaban artículos domésticos, y tumbó cubos, planchas y palanganas; las cacerolas y los orinales chocaban entre sí con una obscena familiaridad, abollándose cuando se estrellaban contra el piso.

En ese instante la chirriante sirena de la perseguidora opacó el alboroto de los cacharrazos; los policías se abrieron paso entre la multitud que crecía por minutos y golpearon las puertas, que Alicia se negaba a abrir; sólo que a diferencia del administrador, no le pegaban al cristal con los puños, sino con las culatas de sus armas.

—Abel, hay que hacer algo, pobrecita —susurró Rosa la cocinera, secándose el sudor del bigote sobre la boca sin labios.

El muchacho entró con paso vacilante en el salón devastado, cruzando por encima de anaqueles, de lomas de zapatos y vestidos, pero se paró en seco al escuchar el grito de la viuda que con rostro irreconocible chilló:

—¡No te me acerques! ¡Tú también me odias!

Abel no tuvo tiempo de responder: las puertas de la calle se hicieron añicos con un estruendo, lanzando alrededor una lluvia de vidrios. En un segundo tres policías sujetaron a la viuda, que en vano comenzó a forcejear, a patear, a escupir, mientras gritaba:

—¡Suéltenme! ¡Suéltenme, asesinos! ¡Suéltenme, coño!

Ahora la multitud entraba en estampida, machacando con los pies los trozos de cristal, enredándose con el tropel de telas; al frente estaba el administrador, cuyo uniforme de miliciano, empapado en sudor, le bailaba en el cuerpo.

—¡Afuera! ¡Todo el mundo afuera! —gritaba uno de los policías que arrastraban a Alicia.

El tumulto avanzaba unos pasos y retrocedía. La viuda primero se contrajo, se dobló como para hacer un esfuerzo final por liberarse, y luego cayó desmorecida como si se hubiera desmayado, desmelenada, despatarrada, rota; los hombres la levantaron como un saco de arena, la sacaron a la calle inundada de gente y la metieron adentro de la perseguidora. Abel corrió hasta el carro y metió la cabeza por la ventanilla.

—¡Yo voy con ella! —gritó.

Alicia, con la cabeza echada sobre el espaldar del asiento y los ojos cerrados, no pareció escucharlo. Un policía apartó a Abel de un empujón y lo lanzó de bruces a la acera. El muchacho se levantó de un salto y se frotó los brazos y los hombros, mientras de la multitud se alzaron voces:

—¡Es el hijo de la explotadora!

—¡Bitonguito!

—¡Gusano!

Abel creyó ver al fondo del tumulto a Sebastián, con el rostro apretado oculto en parte por gafas oscuras. La perseguidora se alejó pitando, en medio de un chirrido de gomas.

Con las rodillas flojas, entró en la tienda y se paró frente al administrador, que recogía del piso ripios de cartones, retazos de tela y bolas de guata.

—¿Qué van a hacerle a ella?

El hombre tenía el rostro aplanado, como si alguien hubiera intentado quitar sus facciones con un borrador.

—Por mí que la metan en un manicomio —dijo, tratando inútilmente de juntar la cabeza y el cuerpo de un maniquí decapitado—. Esa mujer está loca. ¡Loca, loca!

Abel viró la espalda, abrió la puerta que daba a la casa, la tiró brutalmente, colocó la tranca y dijo con voz ronca:

—Que la rompan si quieren.

Rosa salió como una aparición de atrás de una cortina y preguntó:

—¿Qué vamos a hacer?

—Irnos, claro. Nos vamos por atrás, por la cochera.

Pero Rosa, pasmada, se recostó en el brazo de una vieja poltrona, como esperando alguna contraseña, o una voz que le dijera: «Vete» o «Quédate» o cualquier otra cosa. En el pasillo que bordeaba el patio, los rastros de agua se secaban al sol, que tan pronto brillaba como se oscurecía. Un fuerte viento meneaba las nubes, las quebraba y las ensanchaba.

Abel echó a toda prisa sus cosas en la maleta que fue de su madre, se puso los zapatos y dando traspiés salió al callejón inundado de charcos. La mañana se volvía mediodía, pero el viento menguaba, disolvía el calor. De vez en cuando caían goterones que no llegaban a convertirse en lluvia.

El muchacho doblaba las esquinas cargando sobre un hombro la maleta averiada, donde llevaba su ropa, sus libros, sus objetos: lápices, sacapuntas, postales, cortaplumas, menudencias que eran parte de él mismo. Se metía en vericuetos, seguía al azar las calles retorcidas que parecían enroscarse en sí mismas, como culebras que se muerden la cola; pasaba frente a iglesias, a plazas, a mercados, a casas sin portales, construcciones antiguas, herméticas, austeras, viradas hacia adentro, embelesadas en la contemplación de sus propias viguetas, de sus patios adustos, inaccesibles a todo lo ajeno.

Los billeteros, los carretilleros, los limpiabotas, los vendedores de estampas, medallas y santos, pasaban por su lado en dirección a las calles de tráfico, que él dejaba atrás deliberadamente, internándose en las partes más quietas de esta ciudad que ahora lo desafiaba. En una venduta compró un par de melcochas y se quedó un momento observando su cara en un espejo. ¿Era la de un amigo o la de un enemigo? La melcocha se pegaba a sus muelas mientras masticaba. Se colocó la maleta en la espalda y continuó su viaje. La forma laberíntica del enjambre de calles, su estrechez legendaria, contribuían a aumentar la impresión de un recorrido que no tenía una meta.

Pero se equivocaba: él sin saberlo sí sabía adónde iba. Luego de vueltas por entre la red de vías adoquinadas, se acercaba con paso inseguro a la casa de puertas y ventanas rojas. Su corazón dio un vuelco: por primera vez Leonor estaba afuera, agachada en el quicio, raspando el cemento con una navaja, celosamente, la dueña de una casa que se esmera porque todo brille, que no permite ni manchas ni costras en su propiedad. Su pelo suelto caía como una tela sobre el perfil; su postura hacía más desbordantes las nalgas y los muslos ceñidos por la bata de ligero algodón. Abel caminaba por el medio de la angosta calle, tieso, agarrando la maleta con la mano derecha, como si fuera el bulto de la escuela y no el equipaje que contenía su mundo.

—Señora Ramos —dijo cuando se hallaba solamente a unos pasos de la mujer que raspaba en cuclillas.

Leonor se puso de pie, miró al muchacho de rostro demudado, se guardó la chaveta en el escote y sin abrir la boca entró en la casa. La madera pintada de rojo se estremeció con el seco portazo. En el quicio quedaba una magulladura, donde sobresalía un lunar abultado, que bien podía ser churre mezclada con manteca. Abel siguió de largo, con la mente en blanco, como si hubiera olvidado su nombre y en qué lugar o qué momento estaba, sintiendo una fogosa ligereza y al mismo tiempo un peso que le estropeaba el cuerpo.

Llegó a la plazoleta al lado del convento y se sentó en un banco. El carbonero borracho y mugriento que había visto hacía meses venía en su carretón, tirado por el mismo penco desfalleciente. Al pasar frente a Abel aguantó bruscamente las riendas. Su cutis impregnado de hollín tapaba sus facciones como un antifaz.

—Mi mujer me mangó —le dijo a Abel con la lengua enredada—. Me mangó la muy puta —sacó la botella que tenía entre los muslos y tomó un largo trago—. ¿Tú quieres saber la verdad de la vida? ¿Quieres que te la diga? ¿Quieres? Oye esto: la gente nada más que piensa en singar. Oyeme bien. ¿Tú ves esa vieja que está doblando la esquina? Esa vieja nada más que piensa en singar. ¿Tú ves ese negro que está tocando esa puerta, allá, en aquella casa anaranjada? Ese negro nada más que piensa en singar. ¿Me oíste bien? ¡A beber, que el amor no existe! ¡Viva Cuba! ¡Viva la revolución! ¡Cristo viene pronto! —se empinó la botella y chasqueó el cuje en el lomo del penco— ¡Arriba, Cumbanchero! ¡Dale, que nos coje el agua!

El carretón enfiló dando tumbos hasta perderse detrás de la

iglesia. Una parte del cielo estaba encapotada; en la otra el brillo del sol fortificaba el vehemente azul. El viento arrastraba un olor a aguacero, un aroma como a tierra entripada, a raíces embarradas de fango. Abel, pateando piedras, prosiguió su camino.

La casa de Arturo se encontraba sellada: carteles con cuños oficiales advertían que era un grave delito tratar de abrir la puerta, desvencijada como la vivienda, ladeada, carcomida por el comején. Metió la cabeza por una rajadura en el postigo: la oscuridad no permitía ver nada. No se sentía ni un ruido que indicara la presencia de pájaros ni gatos en las profundidades del caserón, que olía a carne en salmuera.

Se puso la maleta en la cabeza y jadeando llegó hasta el callejón que acababa en el río. Un chaparrón espeso avanzaba hacia él; la masa de agua se movía ágilmente, empapando adoquines, fachadas y rejas; de pronto se detuvo y empezó a recular cuando se hallaba casi encima del muchacho, que caminaba por la parte seca, mirando cómo la líquida pared se alejaba.

En ese instante Abel se echó a correr, con un loco deseo de alcanzar el chubasco, pero el agua alzó el vuelo remontándose vertiginosamente sobre los techos rojos, repiqueteando sobre los caballetes, resbalando sobre los campanarios, chorreando en los aleros, calando los arcos, llenando tinajones en patios centenarios, despellejando balaustres y persianas, corriendo por canales, inundando azoteas, infiltrándose por los horcones, desbordando cunetas, reblandeciendo las copas de los árboles, hasta desintegrarse en ralos goterones y salpicar el patio de Sofía.

David, que deambulaba entre filas de arecas, fue a guarecerse bajo el tamarindo donde se ahorcó su padre. El chaparrón enchumbó la maleza y se fugó como una exhalación. El niño se sentó en una raíz a observar y escuchar el mundo efervescente que hervía a su alrededor: salamandras de cuerpo transparente trepaban velozmente por el tronco; arañas desplegaban sus tejidos temblones, abrillantados por las gotas de agua que se escurrían entre ramas y hojas; gallinas cluecas cacareaban al lado de los nidos; insectos revoloteaban bajo el techo del tupido follaje; pájaros carpinteros tableteaban en lo alto de la mata de mango; el sol y la sombra se sucedían en el descampado junto a la letrina.

En la sala, sentada en un balance, Sofía bordaba un mantel de holán cuando de pronto sintió el escalofrío. La aguja traspasó el pulgar de un tajo, del que brotaron gruesas hebras de sangre que resbalaron sobre su piel oscura. Soltó el mantel para no mancharlo y se enrolló el dedo con un trapo, mientras con voz asustada llamó:

—¡David! ¿Dónde tú estás, David?

El niño se incorporó lentamente, absorto en los sonidos y la luz, y respirando hondo el aire humedecido entró en la casa arrastrando los pies, trayendo en una mano vainas de tamarindo que colocó en la falda de su madre. En ese instante tocaron a la puerta.

Sofía asomó el perfil por un resquicio. Abel levantó la maleta del suelo y dijo en voz muy baja:

—Aquí estoy.

Carlos Victoria nació en Camagüey, Cuba, en 1950. En 1965 ganó el premio de cuentos auspiciado por la fundación de la revista El Caimán Barbudo. En 1971 fue expulsado por «diversionismo ideológico» de la Universidad de La Habana, donde cursaba estudios de Lengua y Literatura Inglesa. En 1876 fue arrestadopor la Seguridad del Estado cubana y todos sus manuscritos fueron cofiscados.

En 1980 salió de la isla por el puente marítimo Mariel-Cayo Hueso y desde entonces sus cuentos han aparecido en antologías y revistas de Estados Unidos, España, Frnacia, Alemania y América Latina. En 1985 uno de sus relatos fue incluido en la selección anual de Le Monde. Ha publicado el libro de relatos *Las sombras en la playa* (1992) y las novelas Puente en la oscuridad (premio Letras de Oro, 1993, auspiciado por American Express y dirigido por la Universidad de Miami. El escritor español Camilo José Cela fue el invitado de honor para entregar el premio), *La travesía secreta* (Ediciones Universal, 1994) y *La ruta del mago* (Ediciones Universal, 1997).

Carlos Victoria fue redactor del periódico The Miami Herald, ha sido galardonado con la prestigiosa Beca Cintas. Uno de los iniciadores, junto a Reinaldo Arenas, de la revista Mariel (1983-1985). Cuando Reinaldo Arenas sintió la cercanía de su muerte confió en Carlos Victoria el cuidado y revisión de su obra no publicada como la novela *El color del verano.*

Algunas de sus obras fueron publicados en Francia. El resbaloso se publicó en francés con el título de Le glissant (Autrement, 1998) y La ruta del mago apareció como Abel le magicien (Actes Sud, 1999).

Falleció en Miami en el año 2007. Es reconocido como uno de los mejores escritores cubanos exiliados.

Otros libros publicados en la Colección Caniquí (Narrativa) de Ediciones Universal:

PORQUE ALLÍ NO HABRÁ NOCHES, Alberto Baeza Flores
LOS POBRECITOS POBRES, Alvaro de Villa
EL ESPESOR DEL PELLEJO DE UN GATO YA CADÁVER, Celedonio González
LA TRISTE HISTORIA DE MI VIDA OSCURA, Armando Couto
SEGAR A LOS MUERTOS, Matías Montes Huidobro
LA VIEJA FURIA DE LOS FUSILES, Andrés Candelario
LA VIDA ES UN SPECIAL, Roberto G. Fernández
BALADA GREGORIANA, Carlos A. Díaz
LOS BAÑOS DE CANELA, Juan Arcocha
PAPÁ, CUÉNTAME UN CUENTO, Ramón Ferreira
NO PUEDO MAS, Uva A. Clavijo
TRECE CUENTOS NERVIOSOS, Luis Ángel Casas
LA LOMA DEL ANGEL, Reinaldo Arenas
EL EMPERADOR FRENTE AL ESPEJO, Diosdado Consuegra
VIAJE A LA HABANA, Reinaldo Arenas
MAS ALLÁ LA ISLA, Ramón Ferreira
HONDO CORRE EL CAUTO, Manuel Márquez Sterling
EL CÍRCULO DEL ALACRÁN, Luis Zalamea
EL PORTERO, Reinaldo Arenas
NI TIEMPO PARA PEDIR AUXILIO, Fausto Canel
EL COLOR DEL VERANO, Reinaldo Arenas
EL ASALTO, Reinaldo Arenas
LAS CHILENAS, Manuel Matías
LAS PEQUEÑAS MUERTES, Anita Arroyo
CUENTOS DEL CARIBE, Anita Arroyo
CUENTOS PARA LA MEDIANOCHE, Luis Angel Casas
CUENTOS CUBANOS, Frank Rivera
CRÓNICAS DEL MARIEL, Fernando Villaverde
LA BREVEDAD DE LA INOCENCIA, Pancho Vives
EL AÑO DEL RAS DE MAR, Manuel C. Díaz
ESTE VIENTO DE CUARESMA, Roberto Valero Real
EL JUEGO DE LA VIOLA, Guillermo Rosales
RETAHÍLA, Alberto Martínez-Herrera
LA TRAVESÍA SECRETA, Carlos Victoria
SIEMPRE LA LLUVIA, José Abreu Felippe
CELESTINO ANTES DEL ALBA, Reinaldo Arenas
UN PARAÍSO BAJO LAS ESTRELLAS, Manuel C. Díaz
LA ESTRELLA QUE CAYÓ UNA NOCHE EN EL MAR, Luis Ricardo Alonso
MONÓLOGO CON YOLANDA, Alberto Muller
LA CÚPULA, Manuel Márquez Sterling
ADIÓS A MAMÁ, Reinaldo Arenas
UN VERANO INCESANTE, Luis de la Paz
A DIEZ PASOS DE EL PARAÍSO (cuentos), Alberto Hernández Chiroldes
LA 'SEGURIDAD' SIEMPRE TOCA DOS VECES Y LOS *ORISHAS* TAMBIÉN (novela), Ricardo Menéndez

Obras de Carlos Victoria publicadas por Ediciones Universal:

LAS SOMBRAS EN LA PLAYA, Carlos Victoria (1992)

LA RUTA DEL MAGO, Carlos Victoria (1997)

EL RESBALOSO Y OTROS CUENTOS, Carlos Victoria (1997)

EL SALÓN DEL CIEGO, Carlos Victoria (2004)

LA TRAVESÍA SECRETA, Carlos Victoria

www.ingramcontent.com/pod-product-compliance
Lightning Source LLC
Chambersburg PA
CBHW020530120726

47904CB00003B/1020